LA CRIADA

ISABEL MARIE

LA CRIADA

Traducción de Oscar Luis Molina

EDITORIAL ANDRES BELLO
Barcelona • Buenos Aires • México D.F. • Santiago de Chile

Título original en francés:
LA BONNE

Copyright © 1996 by Éditions Grasset & Fasquelle

Derechos exclusivos en español
© Editorial Andrés Bello, noviembre de 1997
Av. Ricardo Lyon 946, Santiago de Chile

Editorial Andrés Bello Española
Rosellón, 184, 4.º 1.ª - 08008 Barcelona
http://www.andres-bello.com

ISBN: 84-89691-29-0

Depósito legal: B. 49.570 - 1997

Impreso por Romanyà Valls, S.A. - Pl. Verdaguer, 1 - 08786 Capellades

Printed in Spain

a Pierre, mi hombre

C omo se juega a la ruleta rusa, decidí, apostando, cambiar toda mi vida.

Acababa de defender mi tesis de filosofía y me encontraba, ya doctorada, sin perspectivas de empleo. No quería enseñar, me resistía a dar ese paso. Nada me atraía en esa carrera, palabra, además, que me resulta repugnante.

Me vi obligada a dejar el cargo de asistente, que ocupaba hacía varios años. Debía hallar algo de qué vivir.

Algunos de mis condiscípulos se inclinaban por el periodismo o la actividad editorial.

Yo no tenía proyectos.

Siempre viví en lugares comunitarios: orfanato, pensionado, hospital. No me imaginaba en un departamento de alguna empresa ni cobrando un salario. La vida de adulto era para los otros.

Pude optar por el matrimonio, pero no soy de apegos fáciles. Las relaciones afectivas me tornan insoportable. Me gusta el mundo, mezclarme al ruido y al movimiento, codearme con seres que me son indiferentes, sentir la vida sin más alienaciones.

Ni amigo ni amante. No extraño eso.

Mi comercio con los otros se limita a sacudidas en lechos de paso con que satisfacer el cuerpo.

Como no tenía proyecto alguno, recurrí a la paradoja:

—Criada en una casa…

Lo cual provocó la hilaridad de mis camaradas.

Sólo era una humorada, pero me interesaron sus perspectivas.

Esta solución equivalía a otras; y necesitaba un techo.

Mi vocación adquirió forma en una noche: por la mañana, la doctora en filosofía dio paso a la criada.

Los trabajos domésticos nunca me han molestado. Ocupan las manos y dejan libre el espíritu. Nadie te molesta en el esfuerzo cuando la reflexión te entrega a perturbadores.

Comencé a revisar los avisos económicos en busca del trabajo que me conviniera.

Tenía mis exigencias: quería espacio, luz, una vista despejada sobre los árboles y, sobre todo, ningún niño. El barrio me importaba poco si se cumplían esas condiciones: un lugar calmo y claro, del que fuera fácil escapar. Deseaba el corazón de París, alojarme allí, alimentarme allí; ni suburbio ni trenes. Sólo tres semanas más tarde pude hallar en el periódico el primer anuncio interesante: buscaban una criada con buenas referencias en el quai d'Orléans, el de Swann, donde la tía abuela de Marcel creía que vivir era verdaderamente deshonroso y con el cual jamás me habría atrevido a soñar.

Sin perder tiempo, corrí a un autobús. Aún no eran las siete de la mañana.

El edificio, uno de los últimos del paseo, tenía hermosos balcones de hierro forjado y una gran puerta de encina que a esas horas estaba cerrada. Solitaria, vigilaba la luz roja del código digital.

Iba a marcharme y a buscar una cabina telefónica, cuando una mujer marcó el código y me dejó entrar. Subió por la escalera de servicio; me quedé descifrando los nombres en los cuatro buzones adosados a la pared. ¡Sólo cuatro para todo el edificio!

Los Régnier —Bernard y Laura, decía la placa de cobre— ocupaban el segundo piso.

Debí esperar largo rato después de llamar:

—Es por el trabajo...

Di un paso. Ya estaba en el lugar.

Exhibí el periódico y mostré con el dedo el anuncio que había destacado.

—Siento no haber telefoneado, pero quería ser la primera.

Un gesto vacilante, una voz sin inflexiones:

—Es horriblemente temprano...

Entré a un vestíbulo. Las luces estaban encendidas; las puertas abiertas daban a un salón y a una biblioteca cuyas cinco ventanas daban al Sena y al presbiterio de Notre-Dame. El sol inundaría esas habitaciones dentro de una o dos horas; de momento todo se veía gris, tranquilo, casi provinciano.

La mujer que me abrió no me miraba. Con el cuerpo apoyado en el umbral, se apartaba con la mano el cabello que le cubría los hombros. Se veía hermosa en su camisón de seda —la menor relación con las camisetas que uso para dormir—; pero no había expresión en su rostro.

En primer lugar, informarse:

—¿Cuántas habitaciones?

Necesitó un tiempo para responder:

—Esta, un comedor, un escritorio, dos cuartos, baños, cocina, antecocina, cuarto para la criada.

Calculé: seis habitaciones y las dependencias; nada para descansar, precisamente; pero sólo eran dos…

—¿Ha trabajado antes?

Mentir no me molestaba en absoluto.

—Tres años en casa del marqués de La Cloque, en Poitiers —dije lo que había leído en un artículo sobre esa familia en una revista olvidada en el metro—. El mes pasado murió su mujer. No me gustó nada tener que quedarme sola a su servicio. Ya sabe usted cómo es la gente en provincias… ¡Sola con un viejo!… Y como siempre quise trabajar en París, aproveché la ocasión. Le puedo traer la carta de referencias.

Me preguntó lo que sabía hacer: todo. Por mi parte, pregunté por los niños, el detalle que me podía conducir a batirme en retirada.

Ella articuló, con una especie de desagrado:

—Ninguno y nunca…

Este trabajo me convenía de todas maneras.

Pero pregunté:

—¿Muchas recepciones, cenas?…

—Mi marido prefiere el restaurante. Aquí no viene nadie.

Me clavó la vista, con unas pupilas color malva que no brillaban; abrió puertas:

—Nadie ha durado más de un mes en estos dos años.

No era un desafío, sólo una comprobación.

Yo miraba el espacio que me mostraba, pero no decía nada.

El departamento de los Régnier poseía todas las ventajas que deseaba: techos altos, cuartos estucados, ventanas con postigos interiores disimulados bajo cortinas de seda, ramos de flores, alfombras orientales, cuadros, esculturas, piano. El lujo.

¿Pero correspondía a lo que yo esperaba esta Laura Régnier, mi posible patrona?

No era mayor que yo, pero por completo diferente: incluso en camisón se veía soberbia, menos su hermoso rostro, que se balanceaba, abandonado, entre una cabellera salvaje y un cuello grácil.

Como para acabar con mi buena voluntad, anunció el salario, una suma irrisoria que me dejó indiferente. Sólo quería una cosa: el trabajo.

Me quedé callada. Dijo:

—Una semana, a prueba. ¿Cómo se llama?

—Sarah, señora.

¿Por qué no Sarah? Ese nombre siempre me ha gustado, y se me ocurrió sin esfuerzo. Soy magnífica para improvisar.

Quizás creyó que con ese nombre, mi tez mate y mis labios gruesos, debía ser extranjera, pero siguió mirando sin expresión alguna…

Se frotó las uñas en la seda de la bata y abrió una puerta al final del pasillo, cerca de la escalera de servicio:

—Su habitación. Se puede instalar cuando quiera. Empieza mañana por la mañana, a las siete.

Sonreí. ¡Estaba contratada!

—Voy a buscar mis cosas y estoy a su disposición.

—Como quiera…

Me pareció que esto la dejaba satisfecha.

De inmediato transporté del colegio al apartamento del paseo mis dos maletas, básicamente llenas de libros, pues mis atuendos se limitan a lo esencial: soy pobre y soy modesta. Dos faldas, dos jerseys, tres camiseros, cinco camisetas, un par de jeans que me servían para invierno y

15

verano. Si agregamos un abrigo y un par de mocasines quedaría completo el inventario de mi guardarropa.

Mi cuarto no era grande, pero muy agradable, claro y con los muebles esenciales: cama sólida, mesa, silla, armario. Lo único superfluo era un sillón situado bajo una lámpara adosada a la pared. Ordené la ropa en el armario y dejé abajo las maletas. Descartes, Kant, Husserl, Heidegger, Platón y los demás quedaron bajo la cama, disimulados por el cubrecamas. No tenía sentido informar a mis patrones acerca de mis lecturas, que podrían considerar, si no facciosas, por lo menos sospechosas en una criada. Pero dejé los manuales en el armario.

Empecé a revisar con más detalle el lugar.

Disponía de una pequeña ducha, junto a mi habitación, con toilette y lavabo. Dejé en las repisas mi champú, mi cepillo de dientes, mi dentífrico, mi agua de colonia, mi desodorante y mi jabón.

El territorio que ahora me pertenecía se encontraba a la izquierda de la entrada de servicio. Laura Régnier me había dado la llave y por ahí regresé. A la derecha quedaba la cocina y detrás el lavadero.

Hice el inventario de los armarios, del refrigerador y del congelador. Había como para mantener a diez personas durante quince días...

Pero muchos alimentos ya no servían. Tiré, limpié y pasé a las otras habitaciones.

La criada que había reemplazado se había ido varios días antes y el polvo se acumulaba en todas partes. Ventilé, pasé la aspiradora, lustré los muebles. En ningún momento vi a Laura Régnier. Cuando regresé cargada con mis cosas, creí que había salido. Imaginaba que una mujer que no trabaja debía pasar el tiempo en frivolidades, paseos, reuniones, comidas, espectáculos, en una serie de placeres infinitos e inútiles. Creía que eso era lo mundano.

El apartamento, silencioso, parecía vacío. Las ventanas estaban abiertas sobre el cielo cubierto de julio. El tiempo era fresco; el aire vibraba como antes de una lluvia.

Mientras trabajaba de cuarto en cuarto, supe que Laura Régnier no había salido, que estaba allí, en su habitación. Era la única puerta que seguía cerrada y, por instinto, evité abrirla. Al acercarme, más de una vez escuché el ruido del agua en el baño; pero todo volvía en seguida al silencio.

Pasaba el tiempo y se planteó la pregunta: ¿Debía llamar a la puerta, averiguar si "hacía" el cuarto, o no llamar, preparar o no la comida? Cuando abrió, no se había maquillado y su rostro parecía un desierto. Llevaba un vestido de algodón blanco, ceñido a la cintura, y guantes.

¿Iba a salir? Pero no llevaba un bolso y calzaba zapatillas blancas de esponja.

No manifesté ninguna sorpresa. Los patrones tienen derecho a todas las extravagancias.

—Mientras hagas la habitación, Sarah, me instalaré en el salón.

Pareció vacilar.

—Tengo algunos hábitos…

Era una especie de preámbulo. ¿Trataba de darme la razón por la cual ninguna criada había durado mucho? ¿Algunos hábitos?…

No reaccioné. Ella miraba a su alrededor:

—Todo *parece* en orden…

Pronunciaba las palabras con reticencia y con énfasis.

¿La preocupaba ese "parece"? ¿No creía que todo estuviera verdaderamente limpio?

Interpreté entonces de otro modo su vestido de algodón blanco, sus guantes, sus zapatillas y el ruido intermitente del agua.

—Si me permite, señora, y si eso le parece bien, acostumbro cambiar las sábanas todos los días. Y creo que conviene hervir todo lo blanco.

Se distendió un poco.

—Cien grados, Sarah, y lavandina… Le ruego que utilice la lavadora que está en el armario de la cocina y no la máquina, que nunca alcanza esa temperatura.

—¿Y para comer, señora?

—No se preocupe por eso. Mi marido no viene a comer y yo apenas como. Prepárese lo que quiera y ordene la cena para esta noche. Si le falta algo, telefonee y haga que se lo envíen. En la cocina encontrará la lista de los proveedores donde tenemos cuenta.

Bernard Régnier volvía a casa, me dijo ella, cerca de las nueve de la noche. Trabajaba mucho. Era un industrial que fabricaba utensilios domésticos de plástico. "Cubos, ese tipo de cosas...", me había precisado, con un tono despectivo que no estaba claro si destinaba a la industria o al industrial. Me insistió, antes de volver a su cuarto, que debía estar iista, cuando B. llegara —no le llamaba Bernard, sino B., pronunciando a la inglesa, "Bi"—, para ordenarle sus cosas, entregarle la correspondencia e informarle de los mensajes telefónicos; y debería servirle un trago en el salón.

Después que él terminaba con las cartas y los periódicos y hacía algunas llamadas telefónicas, ella venía para la cena. Preparaban la mesa en la biblioteca, pues la del comedor era demasiado grande. Tenía que arreglármelas para tener todo listo para cuando Bernard Régnier estimara que era el momento propicio.

—No soporta esperar —explicó Laura, y agregó, como para disculparse—: No puede perder tiempo.

Estaba, como yo, a su disposición; pero era su esposa, y le temía. Mi papel de criada, en cambio, me limitaba a una competencia diligente, pero neutra.

Ya antes de conocerle, supe que mi patrón era un hombre autoritario, tenso, a quien no importaban los estados de ánimo de los demás.

Cuando se abrió la puerta y me acerqué, ya se había vuelto y me tendía su abrigo. Sólo le vi la nuca y una mano cuyos dedos destacaban sobre la tela, cuadrados. Una mano de hombre, dura y peluda, que sostenía con fuerza el abrigo como a un ahogado que acaban de sacar del agua; una mano que te quitaba de en medio.

Durante unos segundos quedé fascinada por esa imagen, como si yo fuera, entre sus dedos, ese conjunto de pliegues que sostenía...

Hoy estoy segura de que ese instante de suspenso, provocado por una confusión de sorpresa y de éxtasis, fue decisivo para la continuación de los acontecimientos. Me había capturado una representación que tuvo eco en mí.

—¡Y bien! ¡Por fin!...

Una voz de mando, abrupta, me sacó del encantamiento.

Me adelanté.

Se volvió.

—¿Han reemplazado a Yvette? ¿"Qué" es usted?

20

¿"Qué"?

—Me llamo Sarah, señor.

Traté de reintroducir el sujeto en la frase, de evitar la cosificación.

—¡Ah!… Ya me lo recordará, si eso tiene alguna importancia…

Por lo menos con él era anónima y más de lo que podía esperar.

Le entregué el correo, le leí los mensajes anotados y le serví un vaso de chablís, helado, como me dijo Laura que le gustaba.

Se había tendido en un sillón y puesto los pies sobre una mesa baja.

Rompía los sobres.

No muy alto, cuadrado, daba una impresión de vitalidad que ponía de manifiesto, o provocaba, la inercia de su cónyuge. De poco más de cuarenta años, con los ojos hundidos bajo una frente recta y el pelo encanecido, era un hombre que no tenía tiempo que perder. Yo debía consagrarle el mío.

Había soñado con jugar a la criada y me encontraba al servicio de una pareja de telenovela: la evanescencia y la fuerza. La experiencia parecía prometedora.

Continué desempeñando mi papel y me concentré en la cocina.

Opté por la sencillez para esa primera cena. Laura sólo me dio indicaciones muy generales:

"Mi marido no presta atención a lo que come con tal que eso sea 'conveniente'. Trate de que sea así".

Yo debía descifrar lo que significaba "conveniente".

Como esa pareja debía, por necesidad, seguir la moda, cociné según el gusto del día.

Cuando serví los platos, Bernard Régnier se había sumergido en la lectura de *Le Monde* y su mujer tenía la mirada perdida. Se sobresaltó cuando le acerqué el plato y alzó la mano para que me detuviera. Bernard Régnier me dejó servirle bastante y no interrumpió la lectura.

Esta mujer se aburría: su marido estaba demasiado ocupado para prestarle la atención que ella deseaba. Como *nada* tenía que hacer, se volvía fastidiosa.

A Bernard Régnier no le importaba ese mal humor. Superado por la circunstancia, parecía satisfecho.

Presentí mi papel: permitir que Laura no molestara a su marido con exigencias constantes y que éste pudiera entregarse a sus ocupaciones sin que la vida privada interfiriera. Yo debía ser el alma de su unión.

Laura sabía por qué me había contratado y ahora yo lo veía con toda claridad: no tenía tanta necesidad de una criada como de una aliada. Aunque en un principio mis ojos tan negros y mi boca gruesa la habían desconcertado, mi viejo abrigo tan limpio y mis zapatos brillantes y mi irreprochable camisero la tranquilizaron: extraña pero correcta. ¿Por qué no, entonces? Por otra parte, había urgencia: hacía varios días que no se ordenaba la casa y esa mujer era incapaz de hacerse cargo del problema por sí misma.

Por mi parte, mi llegada a ese departamento justificaba mi apuesta: en los periódicos había buscado precisamente el anuncio de los Régnier o algo semejante.

Nunca creí en la fatalidad. Prefería creer que solo mi voluntad me había hecho conseguir lo que deseaba: un lugar agradable donde vivir con gentes que no me significaban nada y de las cuales, en cambio, podía esperar mucho.

Terminada la cena, Bernard Régnier dobló el diario y se puso de pie. Su mujer le esquivó y se fue a su cuarto.

—Sírvame el café en el escritorio…

Observó unos minutos la manera como retiraba las cosas de la mesa. Me miraba como quien mira un aparato que va a utilizar a menudo.

—Clara…

Apretado y breve.

Clara…

Escuché en ese llamado el choque frontal de los nombres.

Laura estuvo durante varias semanas tal como la vi esa primera mañana: inerte. Sus ojos, como los obturadores cerrados de una máquina fotográfica, apuntaban indefinidamente hacia un paisaje que sólo podía ser interior. Me fascinaba esta falta de vida.

B. se marchaba temprano, regresaba tarde, se sumergía en jornadas de trabajo que nos eran perfectamente ajenas.

Apenas se iba, ella me llamaba para que fuera a hacer la habitación y se encerraba en el baño. Mientras cambiaba las sábanas, ventilaba, ordenaba, quitaba el polvo, enceraba, aspiraba y frotaba, oía ruido de agua intercalado de silencios.

No supe en seguida en qué ocupaba tanto tiempo… Pensé primero en la coquetería, pero nunca se maquillaba y dejaba que el cabello se le secara al aire.

No cuidaba de su belleza; limpiaba. Teníamos

una preocupación en común: la suciedad. Pero no la buscábamos en los mismos sitios.

Se cambiaba de vestido varias veces cada día, trataba de no rozar nada, lo que confería a su andar un aire altivo. Caminaba contando los pasos, con el busto erguido y la cabeza hacia atrás. Cuando no llevaba guantes, mantenía separados los dedos y agitaba los brazos de manera intermitente como para desprender polvos invisibles. Parecía entonces una nadadora que se agita al salir del agua.

Sus desplazamientos por la casa, breves, eran siempre los mismos y trazaba verdaderos senderos que sus pies parecían reencontrar continuamente. Evitaba algunas habitaciones, algunos muebles. Además de esos recorridos, tenía rincones favoritos, esencialmente un sillón de su cuarto, cerca de la ventana. Allí pasaba jornadas completas mirando hacia afuera, con un libro, que no leía, sobre las rodillas. Tres pasos la separaban del baño, del que regresaba lavada y cambiada. Apoyaba los codos en los brazos del sillón, cubiertos por un paño limpio, y desplegaba los dedos en abanico.

No salía. Tardé poco en comprender que las calles le parecían caldo de cultivo microbiano. Desconfiaba de la calle.

Me conmovía tanta energía destinada a la desinfección. Lo que para mí era un juego, era para ella una necesidad. No es fácil domesticar el mundo. Pero exige sumo cuidado hacerse una madriguera en el caos.

A las dos, en suma, nos importaba la contaminación mundial. Me situó en la vanguardia: yo era la centinela de los alrededores. Ella se mantenía en la retaguardia, en el corazón de la fortaleza, protegiendo sus accesos y su interior. Aunque diferentes, nuestras tareas se complementaban.

Algunos días en que el marido la despertaba y salía entonces temprano de la habitación, la veía contemplar, abrumada, la devastación que provocaba la vida: la habitación deshecha por el sueño, la vajilla sucia por el apetito. Placer y deshecho eran equivalentes.

Pero yo sabía restablecer la armonía en pocos instantes. Borraba la huella de los cuerpos, todo quedaba limpio. Nada se me escapaba. Perseguía metódicamente toda suciedad.

Yo era organizada y esto tranquilizaba a Laura: en la cocina puse un horario y un reloj que, de llamada en llamada, marcaba el ritmo de mi trabajo. Las breves interrupciones que yo misma me concedía estaban calculadas según el paso de la publicidad por la televisión. Por un instante me distendía, inclinada junto a la pantalla, deleitándome con los nombres de los productos de limpieza y comparándolos. Sabía que le agradaría que me encantara ese universo esterilizado.

La propaganda atestiguaba que se podía aspirar a la limpieza absoluta: ella existía porque se la mostraba. La publicidad aportaba la prueba de esa trascendencia.

Laura aprobaba todo esto y me contemplaba mientras volvía a poner manos a la obra con tal dedicación que habría podido hasta enjabonar la pared para quitar de allí mi propia sombra… En ningún momento se le ocurrió, estoy segura, que ese encarnizamiento podía ser sospechoso de duplicidad o de locura. Pero como estaba tan cerca de esto no podía imaginar aquello.

Sin embargo, Laura me emocionaba cuando la veía aferrada a su lavabo tal como yo fingía estarlo a mi fregadero; una secuencia interminable y reiterada: eliminación de las huellas del jabón y del agua, lavado de manos que, otra vez, dañaba el esmalte del lavabo, enjuague de la espuma restante, y así sin interrupción, un lavado tras otro, el lavabo, los dedos, indefinidamente… Se quedaba allí horas enteras, con las manos en el agua jabonosa, sin decidirse a secarlas. La piel se le enrojecía, se le resquebrajaba. Para cuidar esas dolorosas lastimaduras, probaba cremas y pomadas cada día diferentes, pero que terminaba lavando también, pues le molestaba ese contacto graso.

A los veinticinco años, vivía como esas ancianas encerradas en asilos, que caminan vacilantes del lecho al sillón y del sillón al baño. A veces arriesgaba una marcha por trayectos más temerarios: avanzaba en puntillas como una bailarina, tensa por el esfuerzo, temblando pero graciosa.

Advertí que el paso de un umbral le producía una curiosa transformación. Allí operaba una suerte de ballet: un balanceo de atrás hacia adelante, con precisos giros de piernas, que consistía en un ir y venir por esa línea imaginaria que debía franquear. La punta del pie derecho avanzaba, retrocedía, volvía atrás. Siempre adelantaba la pierna derecha y efectuaba en seguida un veloz cambio de pie que se podría creer casi una travesura que convertía en adelantada a la pierna izquierda al menor traspié. En ese mismo instante movía los labios, como articulando una cancioncilla, siempre la misma, pero que enunciaba con tanta suavidad que nunca pude averiguar su contenido.

A veces, con la mano en el picaporte, abandonaba de súbito su porte altivo y se doblaba en dos como quien ha recibido un golpe violento en el estómago. Inmovilizada en posición de esquiador, con los codos alzados hacia atrás y el busto proyectado hacia adelante, dobladas las rodillas, clavaba la vista en sus pies.

Se quedaba largo tiempo en esa postura embarazosa; hasta que su mirada se cruzaba con la mía. Exhalaba entonces un "¡oh!, eres tú, Sarah…", como quien regresa de una pesadilla, y volvía a moverse.

Un día que estaba así trabada, me atreví a rodearla con los brazos. No me rechazó como hacía con su marido. Tocándola apenas, con fuerza no obstante, susurrándole y moviéndola con gestos breves, la desligué de lo que la tenía atrapada.

Y por primera vez se arriesgó a hablarme de lo que la ocupaba: dudas dolorosas y ridículas, obligaciones agotadoras.

Los gestos más simples le parecían enigmas. Como toda catástrofe resulta del encadenamiento fortuito de hechos anodinos, se dedicaba a conjurar ese azar, a localizar su punto de inflexión. Acechaba las posibilidades, se interrogaba interminablemente acerca de una alternativa inútil. Y como no había respuesta, perdía en eso su tiempo y quizás su vida.

Prefería no dejar el apartamento, porque las dudas la abrumaban afuera. Cada verificación exigía otra, y esto indefinidamente, se tratara de puertas, ventanas, grifos que cerrar, fuegos o luces que apagar. Todo era motivo de angustia.

Los temas para dudar eran tantos y tan diversos que la dejaban agotada. Sólo utilizaba productos sellados; temía que se les hubiera introducido alguna materia extraña. No comía nada cocinado y se limitaba a algunos yogures, legumbres y frutas que ella misma lavaba.

Le resultaba insoportable la idea de que esas materias se le infiltraran en la propia carne. Ese tránsito la humillaba. Se ocupaba de su cuerpo perfecto como quien debe desinfectar un cubo de basura.

El único modo de encarar tanto tormento habría sido interesarse en otra cosa. Pero aparte de esas preocupaciones agotadoras, todo le era indiferente. Sólo estaba disponible para vigilar su cuerpo y los peligros que podrían acecharlo; y esto sin pausa.

También le sucedía, me dijo, recibir órdenes intempestivas de otra parte de sí misma, "de mi propio interior, ¿comprendes?" "Debes tocar la ceja de Sarah si no quieres enfermarte", "repite cinco veces, al revés y al derecho, *barbalopepón*, *pompelobabar*, antes de cualquier cambio de actividad. Si no lo haces, se va a producir algún drama…" Se le ordenaba proferir obscenidades, insultos. Por eso, con la más encantadora de sus sonrisas, cuando todavía llevaba una vida mundana, había tratado de "cerdo" a su vecino de mesa, un industrial y cliente importante de su marido. Y para estupor del mismo había continuado, con toda amabilidad: "¿Y viajará a Nueva York en noviembre, suciedad inmunda, gusano blanco del trópico, araña sin patas?" .

B. decidió que ella no volvería a acompañarle. Se la liberó de las cenas que la actividad de su marido volvía indispensables. El gran comedor permaneció desierto. Preferían utilizar la mesa pequeña de la biblioteca, aunque muchas veces B. cenaba solo, ya que Laura pasaba cansada y sin apetito. El me pedía entonces un plato y se instalaba en su escritorio, en medio de sus archivos, entre el teléfono y el ordenador.

Conocía esta esclavitud. Laura estaba enferma. Tenía P.O.C., perturbaciones obsesivas compulsivas. Sabía lo que Laura trataba de borrar con esa limpieza: a B., su presencia, la impronta de su cuerpo en el suyo, es decir, lo que podríamos llamar su comercio sexual.

Laura, aunque B. no estuviera presente, se paseaba por el departamento con la nariz palpitante, crispada: creía respirar su olor estancado. Y yo, a través de Laura, veía su carne en los pliegues de los sillones, escuchaba, en el silencio, su aliento y los ruidos de su vientre. Todo cuanto emanaba de su cuerpo permanecía, incluso después de su partida, para Laura y para mí, que compartía las sensaciones de mi patrona, incrustado en el apartamento: a ella le repugnaba, a mí me perturbaba. Pero yo obedecía a Laura y la liberaba de esas huellas. Esa era la obra de la jornada; hasta la vuelta de B. Entonces todo cambiaba. Laura se tornaba dócil y tenue. Miraba fijamente a su marido, y en esa mirada se advertía su fascinación por esa vida que se afirmaba

32

de manera tan atronadora. Los hipos, flatos y eructos de B. atestiguaban que explotaba a pesar de ella y de sus reticencias y amonestaciones. Sin preocuparse del otro, su existencia se imponía, indomable, a través de todos los huecos de su cuerpo. Ella odiaba esa trivialidad, pero la admiraba: B. era el bajo vientre que ella se negaba a sí misma.

B. sólo atendía a su propio bienestar. Se sumergía en el mundo, indiferente a toda suciedad. Nos dejaba con nuestro papel de guardianas de lo inmaculado. Si Laura se hubiera podido liberar del imperativo que me transmitía, habría logrado expandirse, quedar disponible para sí misma. El deterioro habría sido entonces la señal de la vitalidad y no el anuncio de un desmantelamiento.

Pero en cambio me obligaba a dosificar los productos, a cuidar los gastos, a evaluarlos, a medir los tiempos de intervención, a respetar las cadencias y los horarios. Su tormento era de orden económico. Nos batíamos contra la muerte. El apartamento del paseo era una fábrica de no-placer, pero yo me complacía en él.

Apenas me incorporé al apartamento, B. quedó satisfecho: cada uno, en silencio, mantenía su papel y la falta de palabras garantizaba la ausencia de toda variante imprevista en el escenario.

Yo velaba por lo material, Laura pulía su inexistencia y B. orquestaba este pequeño mundo sin vida: todo estaba en orden.

Felizmente, nunca me gustó hablar.

Los diálogos son inventos de escritores. Cada uno monologa, sordo para consigo mismo y para con el otro. Mi carencia de ilusiones me concedió el gusto por la soledad.

Aprendí gracias a los libros y a la meditación que provocan. Mi frecuentación de los demás se limitó a un intercambio mudo. Los pocos encuentros que no pude evitar me confirmaron que las relaciones humanas sólo son viento y rumor.

No necesitaba expresarme en casa de los Régnier.

Cuando les dije que prefería que no me oficializaran y que me pagaran en efectivo, no me pidieron las referencias ni mis papeles. Sólo conocían el nombre de pila que les di. Resultaba conveniente para la tarea. A eso se limitaba mi importancia.

El apartamento del paseo era un lugar cerrado en que establecí poco a poco un equilibrio nuevo; me esforcé en ser necesaria al uno y a la otra. Debía convertirme en indispensable.

Cada uno tenía un orden: él, cuando regresaba, comía, trabajaba, defecaba, se liberaba de su semilla en el cuerpo de Laura; se hundía en seguida en el sueño y volvía a marcharse al amanecer hacia su despacho de director.

Ella cumplía sus recorridos higiénicos en el apartamento, contemplaba mi trabajo y se quedaba horas y horas mirando vagamente sin más distracción que su propia respiración, viendo de vez en cuando la hora como si esperara algo: que pasara el tiempo.

Pero yo confiaba: cualquier día Laura querría verificar mis cualidades de seguidora. Por más distante que fuera, no escaparía a la norma: es necesario que las patronas conversen.

Las criadas ven todo lo visible de la intimidad corporal; pueden, también, escuchar todo. Están disponibles como manos, ojos, boca, orejas. Nada importa entregar a las domésticas la confesión

36

más cruda, el desnudo más total. No existen, sólo son herramientas.

Las patronas, a cambio, ven en ese alivio una incitación a la reciprocidad. La esclava debe deshacerse de sí misma, aceptar todas las indagaciones. Empleadas mediante, las patronas viajan a los suburbios, hunden la nariz temblorosa en aires de labios rojos y sudor.

Somos criadas, tenemos que ser buenas criadas. Criadas para todo. Entonces el desliz era posible, el que contaba con efectuar, yo, que nunca fui criada sino capaz de todo…

Laura era como las demás. Deseaba la confidencia coherente con la idea que se hacía de una criada.

Podía narrarle historias durante toda la jornada, historias que demostrarían que la vida me había pasado por encima como una aplanadora. Mi sufrimiento sería la garantía de mi compasión ante sus quejas cuando me las enunciara. Dar para recibir.

¿Qué contar a una mujer para perturbarla? Opté por emplear el tema hijo-madre. En un aparente impulso de confianza, le confesé, a riesgo de perder el trabajo: había tenido un hijo.

Impactó.

Trituró sus guantes blancos.

Quería saberlo todo. Un encogimiento de hombros, un ademán para dejar el tema. Que ella imaginara…

Debió ver alguna imagen tremenda, porque me dijo, resoplando, como consuelo o para facilitar la continuación:

—El matrimonio, en algunos casos, es una prostitución.

Hizo uno de sus gestos con las manos, apenas un esbozo, como si alzarlas más le resultara demasiado penoso:

—No hay intercambio alguno entre B. y yo. Ni siquiera en la cama.

Me aparté de ella:

—Usted goza vigilándose el cuerpo. Tiene la sensualidad pegada a los orificios.

Fue como si la hubiera golpeado en el estómago.

O bien me amonestaba o bien aceptaba mi acritud.

Deshecha un instante, se repuso:

—¿El silencio le pesa mucho, Sarah?

Callé. Al cabo de largo rato, comenzó su narración. No podía hacer el duelo de la relación que imaginaba entre nosotras.

Cuando conoció a B., estimó en mucho su discreción. Sí, le gustaba la calma, la reticencia. Los hombres la habían presionado tanto, que valoró su aspecto taciturno. El no le pedía nada, parecía sólido. Con él no se veía obligada a entregarse a la torpeza de su habla. Hermosa, se creía imbécil.

Cuando su relación se tornó más íntima, deseó intercambiar esos relatos que continúan los encuentros. El la detuvo: su pasado no tenía interés. El sabía que los padres de ambos habían muerto y que estaban libres de todo lazo familiar. Eran de un mismo medio social; el padre de Laura había sido médico y el suyo industrial. Eso le bastaba.

Su conocimiento recíproco no excedía el de la cédula de identidad. B. precisó: "El malentendido proviene del exceso de palabras".

No dijo palabras *inútiles*, sino *exceso*, y esto me parecía muy prudente en un hombre de negocios. Vivir juntos no implica la necesidad de contarse el uno al otro. El deseaba la presencia de Laura, no su pasado, y se ocupó de asuntos prácticos: el apartamento, los muebles, la decoración y hasta la ropa que quería que se pusiera.

Siempre fue así en los dos años que llevaban casados: el organizaba todo, viajes, veladas, recepciones. Era atento, en general, pero no concedía la menor libertad a Laura. No la escuchaba ni le hablaba: daba órdenes. Incluso en la cama, me dijo ella, iba a su placer sin comentarios, por higiene, sin caricia ni beso. Su mujer no manifestaba nada y esto tenía la ventaja de no perturbar el ritual. Actuaba con el único objetivo de obtener placer. Y no porque fuera, en este dominio como en los otros, especialmente inventivo: realizaba un coito "eficaz", destacaba ella, que pronunciaba esto en tono despectivo. El consideraba que en todos los campos había que aliviar la tensión rápidamente.

Aunque la razón que los acercó me seguía resultando oscura —así ocurre con las parejas—, parecía que su unión era básicamente corporal: Laura era el depósito nocturno donde B. vaciaba el cuerpo, y ella hallaba, mezclada de repugnancia y fascinación, en el cuerpo de su marido una vida que ignoraba. Vivía por intermedio de un cuerpo. La energía de B. la mantenía en pie.

Después de mi llegada, Laura pudo decir lo insoportable: el silencio, su cuerpo, su encierro. Me mostró las manos, sus antebrazos, tan delicados. La piel empezaba a resquebrajársele: un roce ligero en ese hermoso ordenamiento.

—Ya no sé qué hacer, Sarah. Ya no soporto nada. Y lo que menos, que me toque…

La belleza se le estaba escapando. Las sienes se le hundían y algo rojizo le crecía en la comisura de los labios. Casi un grano. Esa irritación me capturó la mirada. No conseguía apartar la vista de esos labios hinchados y enrojecidos y a un costado, como ínfima suciedad, ese grano.

La imperfección me humanizó a Laura. Sentí que mis dedos subían hasta su rostro, dispuestos a tocar esa inflamación. Me contuve.

—¿Qué voy a hacer, Sarah?

La respuesta era tan simple. No me había preguntado para que se la diera. No tenía previsto, felizmente, dejar a B. Le recordé los trucos femeninos habituales y clásicos. Pero B. no aceptaba nada.

Los dedos de Laura se acercaron a los míos, sin llegar a tocarlos. Nunca tocaba nada.

—Se va a cansar, como todos los maridos. Irá a otra parte… Los hombres sólo experimentan necesidades naturales. Es así. Si estuviera en su lugar, me instalaría en un cuarto para mí sola, limpio y ordenado.

Pero si bien se resistía a compartir el lecho de su marido, no aceptaba que él pudiera compartir otro.

Así pues, a pesar de mi consejo, esa misma noche escuché el breve tumulto habitual, la cabalgata y la estocada, todo seguido por los sollozos de Laura y los resoplidos de B.

41

Propendía a pensar que la felicidad no quedaba en mi camino. Comencé mal y debía terminar mal.

Estudié filosofía porque plantea la pregunta por el sentido de la vida, un sentido único que nos captura a todos.

Mi apuesta secundaria demostraba mi deseo de vivir de otro modo, de aprovechar el lujo mezclándome por la puerta de servicio en casa de los poderosos.

Este trabajo tenía la ventaja de la transfiguración, pero el desagrado de lo efímero. Esa fragilidad me complacía: era un reflejo de la vida fugaz y vana que una nadería altera o embellece.

La ritualización de las tareas me tranquilizaba. Las manías de entrecasa domestican la muerte: de ella protegen, llamándola.

Eramos tres los que enfrentábamos lo mortífero en el apartamento. Laura, retirada de la vida, esquivaba las cosas del sexo para que la especie terminara. Bernard, decidido en sus proyectos, intentaba controlarlo todo. Y yo, aparentemente servil, parecía desapegada de mis deseos para saciar los de los demás.

Pero yo estaba al servicio de mis propios intereses. Pasando el trapo, ordenando, lavando, tenía todo el tiempo para pensar.

Apreciaba la amplitud de las habitaciones, el espesor de las alfombras, la iluminación, que se gastaba sin parsimonia, como el agua caliente y la calefacción. Nunca había conocido tales comodidades. Me sentía bien. Los dedos ya no se me hinchaban por la mañana, dormía desnuda entre sábanas finas, absorbía alimentos refinados, ensayaba recetas de grandes cocineros y me había comprado un jersey de cachemira con los ahorros del salario, pues en casa de los Régnier no gastaba absolutamente nada.

Hay una pregunta pendiente: ¿cómo pude llevar una vida de vestal durante semanas cuando siempre tuve una vida afectiva y mundana inexistente pero una intensa actividad sexual? Físicamente, necesito un hombre: el placer me resulta más indispensable que a la mayoría de las mujeres —y me atengo, para afirmarlo, a lo que les escucho decir—.

Esta necesidad se manifestó muy pronto: mientras estuve en el internado, mis profesores fueron mis primeros amantes. Los prefería a mis camaradas: la experiencia del hombre maduro apacigua mejor las exigencias del cuerpo.

Cuando confieso que siempre he amado a los hombres, me refiero a la sexualidad, no a los sentimientos.

La pasión, el amor, son trampas que nos atrapan fácilmente porque precisamos del romance para eludir la realidad. El romance la embellece y la esquiva. Pero llega un instante imprevisto de soledad, de desaliento, y ya nos cae encima otra vez. Y entonces no hay posibilidad de fuga. Hay que afrontarla sola y sin recursos. Nadie nos ayuda a dar el último paso.

En casa de los Régnier disfrutaba del lujo y de su presencia…

Al principio creí que los encuentros en los alrededores serían fáciles: el apartamento del paseo tenía una situación geográfica privilegiada.

Pero en realidad no había salido desde el día del contrato. Hacía como Laura.

Me impregnaba del ambiente, es cierto, estaba atenta para comprender lo que se tramaba tal como un dramaturgo que penetra en la intimidad de sus personajes. Pero no pensaba asombrarme. Otra cosa me tenía atrapada.

Durante el día, la única ocupante de los lugares era Laura, a la sombra de la cual yo me agitaba.

B., ausente, no existía en ese espacio enrarecido. Todo se mantenía como Laura deseaba: no había olor a tabaco en las habitaciones ni huellas de zapatos en las alfombras, las gotas de orina no constelaban la taza del inodoro ni el suelo de los baños, ceniceros y periódicos permanecían encerrados en el escritorio y yo ocultaba en los armarios del otro baño las servilletas y los productos de aseo del macho.

Estábamos solas, Laura y yo, prisioneras voluntarias en el apartamento mientras París bullía alrededor. Nada nos podía alcanzar entre esos muros. Habíamos dejado lejos el mundo y sus torpezas.

Laura, en vez de quedarse en su cuarto, me seguía ahora de habitación en habitación y no dejaba de mirarme mientras trabajaba.

Esperaba, como los niños, el momento de la

historia; de la historia que podía imaginar que era la mía.

Después de ser la niña nacida de una violación y abandonada en el hospicio, me pasé a un padre bretón y alcohólico y a una madre argelina. Me convertí en la hija mayor de nueve hermanos de los cuales dos habían muerto muy pequeños. El momento o el modo de su desaparición variaba en el curso de los distintos relatos; agrandaba o reducía mi familia, cambiaba los nombres. Ella me reprendía entonces: "Eso no fue así..." Debía ser como en los cuentos, las cosas estar escritas de una vez para siempre y el relato ser repetitivo. No era llegar y saltarse una frase o alterar un episodio. Se sorprendía: "Pero Sarah, ¿cómo te puedes equivocar tanto?" Pero no decía: "¿Por qué me engañas?"

Por otra parte, ¿quién era el verdadero destinatario del engaño?

Si hubiera debido precisar mi biografía, me habría encontrado en un verdadero lío. Creía tener rasgos comunes con Bernard: el pasado queda lejos, atrás. No soy, en ningún caso, el sujeto de mis actos de ayer. Y aún menos de los de mi infancia. No me parezco a mí misma. Nuestros cambios físicos nos deberían bastar para comprender las transfiguraciones interiores. Me gustaba el azul, me gusta el rojo; sin embargo, mi identidad legal es la misma.

En suma, yo modificaba, fiel a mí misma, porque somos cambio. Hacía variaciones sobre un mismo tema, retocaba mi obra, la pulía; pero Laura intervenía entonces sin prestar atención al curso del trabajo. Yo creía estar en un adelanto narrativo a lo Joyce y ella me reducía a la queja de la criada.

—En fin, Sarah, recuerda…

La memoria es nuestro director de escena, lo que nos ordena la vida. Escoge la secuencia, los cortes, el montaje, el orden, y, según los talentos, convierte en novela la vida más trivial.

Laura se oponía completamente a esta concepción. No dejaba de pedir precisiones, puntualizaciones, justificativos. Poseía el don del escribano. Consignaba todo como un magnetófono.

A su exigencia idiota daba yo una respuesta idiota que explicaba mis omisiones y transformaciones: la resistencia, el rechazo, el sufrimiento, lo que sea. Apenas las cosas se inclinaban en esa dirección, Laura quedaba encantada. Me creía. El que llora sólo puede ser creíble. ¿Podía haber un placer en el dolor? Tan cerca de ese goce, sólo podía negarlo sin dejar por ello de entregarse a él. La sumisión, el dolor y el deleite son tan comunes que Laura no se asombraba ni un solo instante por el horror de mi relato. La tranquilizaba que eso existiera. En la punta de la lengua tenía casi un temblor de *gourmand*. El cuerpo, tan muerto, se le despertaba, se le erguía la espalda.

Concedía yo a mi narración un matiz picaresco y ella me veía, según la descripción, mendigando, andrajosa, con un bebé en brazos: el que se suponía que debía cuidar mientras salían sus padres.

La encantadora baby-sitter, que encarnaba en esa comedia, se desvestía de prisa apenas sus patrones franqueaban la puerta, se endosaba los harapos, ennegrecía al bebé, le envolvía en andrajos y se marchaba de noche por los cafés y los restoranes. La juventud de la madre y del bebé conmovían los corazones y los cuerpos gordos. Daban monedas e incluso billetes.

Y mucho antes del regreso de los padres todo volvía a estar en orden: desaparecían los andrajos, la baby-sitter dormitaba en un sillón y el bebé, limpio y tranquilo, dormía en su cuna.

Mis confidencias deberían haber alterado su confianza: por el contrario, la fortalecían y yo sentía su agradecimiento. El relato de mis peripecias la devolvía a la vida.

Me divertían esas invenciones. Laura deseaba esa alegría. Demostraba, con una agitación discreta pero exacta —un ademán, un movimiento de los labios para enfatizar la frase— su deseo de también dejarse ir en confesiones. La dejaba hablar; temía que de otro modo la gratitud se tornara resentimiento. Aunque prolongado e insípido, su discurso era necesario. Iba hacia donde yo quería llevarla.

Laura recitaba su historia, salmodiaba sin inflexiones ni fantasía. Se apegaba a lo que llamaba la verdad.

Era una escrupulosa del detalle, una obsesa de la cronología. Contaba, verificaba, volvía atrás. Nada de tomar perspectiva, redondear algún hecho, poner ritmo, ceñir la acción. Era un registro fiel, una máquina sin matices. Su único modo de hacer trampa, a pesar de que quería decirlo todo, era dejar zonas de sombra. Eludía algunos puntos. En esos momentos volvía a ser la patrona y me trataba de usted.

Me contó de una casa en el distrito XVI, de un padre cirujano, de una madre inactiva que sólo se preocupaba del hijo menor. Tal como en el apartamento del paseo, nadie le hablaba, y quizás había empezado entonces con esos pasos de bailarina, esas repeticiones, esos fregados obsesivos.

Quería hablar, pero tropezaba con las imágenes. Y se evadía: todo terminaba en un drama que no podía enunciar. Y, según la fórmula consagrada, insistía en que aún no se lo decía a nadie… No hacía tanto, apenas tenía dieciocho años… Todo desapareció en algunos meses: los seres y los bienes. Fue la única que se salvó.

Yo tarareaba el aria de Cosette con acento de Lazarillo de Tormes y ella me contaba el naufragio del *Titanic* con el rostro inexpresivo, la voz triste y los ojos opacos.

Drama contra fondo de champán y conveniencias.

No estaba mal organizado: empezaba melodramático, pero la interrupción creaba suspenso. A partir de allí diversas tragedias podían surgir. Intentaba algunas preguntas: sobre la belleza de la madre, ¿un amante?, sobre su amor por los niños, ¿alguna rivalidad fraternal?, sobre la ausencia del padre, ¿acaparado por qué, por quién?...

Laura sólo era reticencias. Con lágrimas en los ojos, aherrojada por los recuerdos, buscaba apoyo:

—Usted, Sarah, que ha pasado por momentos terribles, no ha dejado de vivir...

El empleo del "usted" me indicaba que no quería continuar. Quería aprovechar su tragedia y saborear lo que podía provocar en la mirada del otro, magnificada por su silencio.

Lo que consideraba un drama era de una implacable trivialidad. La historia es siempre la misma: sucesos que la muerte interrumpe o acecha. Todo, aparte esto, es asunto de estilo.

Pero Laura estaba muy lejos de estar en eso. Había sufrido, había que escucharla. A las inversiones dolorosas corresponden beneficios, dividendos de reconocimiento.

Contener la queja por un instante es destacar su peso indecible. Si bien los grandes dolores son mudos, también es verdad que un día se los revela. Ella callaba el suyo para hacerlo ingresar a esos cauces, pero su contención sería breve.

Ella, a quien chocaba la vulgaridad de B., se entregaría con la misma vulgaridad al alivio. Hay, en la evacuación de la palabra, una indecencia que el quejoso no advierte. Es un derrame sin forma, un flujo cuya única justificación es un "era necesario que *eso* saliera…"

Laura no se ocupaba en esculpir la lengua, se dejaba arrastrar a la confidencia. No obstante, por más aparentes que fueran, estos intercambios nos habían acercado.

Me habría gustado saber hasta qué punto Laura estaba dispuesta a apoyarme.

Entonces ocurrió el asunto de las colleras.

Bernard, que debía salir, lo que hacía cada vez con mayor frecuencia, buscaba, sin habernos informado ni a la una ni a la otra, sus colleras. Yo estaba en la cocina y Laura en uno de sus innumerables baños, cuando, cansado de buscar, entró a mi habitación. No le impulsaba la sospecha, estoy segura, sino algo más complejo. Gracias a ese pretexto, se introdujo en mi intimidad.

Este comportamiento desacostumbrado podría haber parecido sospechoso a alguien más alerta. ¿Puede un hombre educado abandonar porque sí su urbanidad? ¿Pero él lo era?

Yo conocía su rigidez, sus hábitos, el modo como manejaba sus necesidades más elementales y la importancia que eso tenía para su equilibrio y humor. Sabía de su indiferencia, que a veces atravesaba una súbita oleada de recelo. No me sorprendió. Su comportamiento era coherente con lo que era; no el de un hombre confiado. La costumbre del mando y otras que había adquirido desde muy joven le volvían propenso a accesos que no controlaba.

Le sabía capaz de la mayor violencia.

No soportaba que algo mío se le escapara. Quería tenerme a mano, como a su abrigo. En cierto modo, su fantasma se encontraba con el mío.

Revisó todo y halló los recortes de periódico que yo guardaba hacía años y que se referían a lo que había ocurrido a la pequeña Pauline, que conocí muy bien. Debí tirar esos artículos, pero representaban los restos de un pasado que enmascaraba el mío y al mismo tiempo lo evocaba.

B. salió blanco de furia de mi cuarto. Nos llamó a una reunión. Laura estaba en bata, yo con mi delantal. Agitaba las páginas de los diarios cuyos textos yo conocía de memoria: hablaban de la mujer de un plomero que hace quince años denunció a su marido por la violación y el asesinato de una niña.

Pocas semanas después de su condena, esa mujer se había suicidado y dejado una niña pequeña al cuidado de un hospicio.

Bernard apretaba los papeles, amarillentos por el tiempo, con tanta fuerza que le palidecían las coyunturas de los dedos. Estaba fuera de sí.

56

Me acercó la cara. Pude oler la acritud del cigarro y, como siempre, la lavanda. Acercarse le revelaría lo que yo le ocultaba, la pregunta que ardía por hacerme:

—¡Y tenía referencias!

Laura leyó los papeles y me miró. Yo estaba tranquila. Eso no me concernía.

Su única reacción fue preguntar a Bernard:

—¿Por qué entraste a su cuarto?

Había ganado la partida…

—¡Buscaba mis colleras!

Le indiqué en seguida donde estaban. Pero no dejaba de ser sospechosa.

—¿Su nombre es Sarah?

Intervino Laura. Le demostró que no había cometido ninguna falta. Me había limitado a no referirme a un pasado que quizás habría obstaculizado el contrato.

—A menos que fuera débil, no tenía otra opción.

Alabó mi discreción, mi coraje.

B., con el cuello tenso por encima del cuello blanco de su camisa, tiró al suelo los recortes. No comprendía que mi hipocresía fascinara a Laura.

Laura se me acercó apenas se marchó Bernard. Algo de color había aparecido en sus mejillas. Aproximándose, buscaba la vida.

Ante mi silencio, insistió:

—Sarah, ¿por qué mientes?

Ordenaba cosas, no respondí.

Mi cuarto recuperó su aspecto ordenado en cinco minutos. Puse los recortes en mi maleta, sobre el armario.

Laura continuaba con su letanía.

—¿Para qué tenías que contarme tantas historias?

Entonces le dije que mi vida no le concernía, que le daba mi trabajo, no mi intimidad. Por lo demás, ella no sabía nada. Trataba de sacar fuerza de los otros, de vivir vicariamente.

—Debería dejar de revolver mis sábanas y preguntarse por qué le interesa tanto mi cama. Emplearme es una cosa, pero pasearse por mis interioridades es otra.

Laura ya no sabía qué hacer. Había vuelto a su nada. Vacilaba, apoyada en la puerta, más frágil que nunca. Estallé:

—La mentira es un instrumento para soñar. Y aun más. Es el adorno del tejido cotidiano. En ella hay más verdad que en su moral. ¿Acaso no cree que su matrimonio es una mentira? Su marido sólo es su empleador. Es más tiránico de lo que usted será nunca conmigo. Yo puedo marcharme cuando quiera. Y si limpio y trabajo es porque tengo un exceso de energía que liquidar. Pero usted no hace nada y la energía que tenga sólo la va a destruir.

Ahora Laura lloraba. Afuera, la lluvia y el viento azotaban las ventanas. El día disminuía.

Laura gemía. ¡Nos creía tan cómplices!

—Yo también —dijo, como si eso bastara para acercarnos— perdí a mi madre.

—Y a su padre. No deja de repetirme ese drama infantil. Sus historias me cansan.

—¿Pero y tú, Sarah? ¿O te debo llamar Pauline?

Terminé con esta escena estúpida. ¿El que hubiera guardado recortes de periódicos me iba a transformar en heroína de páginas policiales?

—Pero por algo las has guardado, ¿verdad?

—Sarah, Pauline, Eve, Alexandra. Qué importa. Mi libertad es tener un nombre que no me moleste las orejas. No tiene importancia que sea la hija de un alcohólico o de un asesino. Sólo soy su criada.

Se quedó largo rato alrededor de mí, con las narices palpitando, aspirando con fuerza, como si me tragara con una pajilla.

Y después se marchó del cuarto sin agregar palabra alguna.

A B. le parecía que Laura me defendía demasiado. Se le escapaba y quería ser el único que la dirigiera.

Mi propósito era quedarme en este apartamento, que había adoptado hacía unos meses. Era mi guarida, pero el propietario era B.

De los tres, era la única que lo gozaba, que conocía cada centímetro cuadrado.

A Laura, estos lugares, que antes de mi llegada padecía, ahora le parecían soportables. Para B. sólo eran una inversión financiera, un bien suyo: tenía *su* apartamento, *su* mujer, *su* criada.

Si hubiera querido librarme de B., habría podido transformar en territorio de guerrilla estos trescientos metros cuadrados.

Pero no quería expulsar a B. Si B. se marchaba, ¿qué sería de ella, de mí y del apartamento?

Me preocupaban problemas prácticos que Laura ni sospechaba; ella, como todos los que tienen dinero, podía ser desinteresada. Mi proyecto no era acaparar sus bienes, sino gozarlos.

El silencio, la exquisita cortesía que había entre ella y su marido, daban paso a crisis más y más frecuentes: cada vez que se encontraban, se enfrentaban y se peleaban por las razones más triviales, sobre todo en las tardes, cuando B. insistía en que ella se quedara con él.

Yo atribuía la causa a lo que estorbaba su unión: la cama. Autómata durante el día, Laura era un fantasma por la noche. Diáfana en su camisón blanco, se deslizaba por las puertas entreabiertas, apenas rozaba las alfombras. De ella apenas quedaba un hálito, el olor de su perfume.

B. le daba la orden de sentarse a la mesa. Ella me enviaba a comunicar su negativa.

Muchas veces iba a buscarla, la obligaba a vestirse y a sentarse enfrente. La amenazaba con enviarla a la clínica a recuperar algunos kilos de peso. Como no comía, había perdido las reglas y la enloquecía la idea de estar embarazada. Le exigía a B. que usara más de un preservativo, por seguridad. Después yo encontraba esos adminículos, enrollados en el cubo del baño, esculturas en miniatura.

Hasta que un día B. se cansó. Cenó solo y ningún ruido me llegó de su cuarto, y al día siguiente el cubo apareció vacío: unos dolores de vientre habían sustraído a Laura al deber conyugal. Estaba enferma. B., a menos que fuera un monstruo, debía considerar el hecho. Le aconsejó que consultara un médico. Ella se negó: jamás se desvestiría ante un desconocido. Tomó unos calmantes, descansó. Eludió el caso.

B., como yo, sabía que esa enfermedad no terminaría nunca.

Ahora, cuando llegaba el marido, ella seguía encerrada en su cuarto y era yo quien le acogía.

—Clara…

Seguía usando el mismo nombre.

Me pasaba el abrigo, que yo recibía caliente, cargado de su olor, en mis brazos.

Lo apretaba. Tenía su olor en las narices y su voz en las orejas mientras me daba las órdenes. Obedecía. Era la Clara que él llamaba y que corría para velar por su comodidad. Pero a pesar de mis cuidados le faltaba lo indispensable. Y estaba bien.

Le daba de beber, de comer, de fumar; me ocupaba de todo lo que Laura evitaba.

Después de cenar, se instalaba en su escritorio, en medio de sus carpetas, fumando un habano. Dejaba abierta la puerta grande, "por el humo". Tecleaba en el ordenador, telefoneaba, revolvía sus papeles; no dejaba de mirarme de reojo mientras iba ordenando sus cosas.

Una noche, en lugar de cenar, fue a ducharse. Había sacado unos papeles de su maletín.

—No alcancé a hacerlos mecanografiar…

Debía pasar en limpio un discurso que había corregido en el coche.

—Dúchese, yo me encargo.

—Pero, Clara…

Eso significaba: ¿pero cómo va a poder?

Lo empujé al baño.

Si una se ha podido presentar a un examen final de filosofía, también puede escribir un informe en tres ejemplares y hacer un breve discurso de presentación.

Le corregí ligeramente el suyo.

—Clara —dijo al marcharse—, si no la tuviera a usted…

¿Trataba de tenerme más?

Doce años más tarde, me interrogo sobre mi proyecto de entonces. Es difícil retomar las cosas a posteriori, sin modificarlas. Aunque hoy tengo todo claro, creo que en esa época no era así, de ningún modo.

¿Qué quería al apartarme de las carreras a que me destinaba mi formación, al emplearme de criada? ¿Vivir una fantasía alimentada de reminiscencias del *Journal d'une femme de chambre* o concretar exactamente lo que sucedió?

Algunos verán en mi iniciativa la búsqueda de un hogar. ¿Por qué no? Por primera vez vivía en una "verdadera casa", y eso me parecía agradable. Eran también mis primeras relaciones singulares: nunca tuve amistades ni intercambios regulares y descubría en esos reencuentros cotidianos mucho de atractivo. Ese trabajo me aportaba una seguridad desconocida. Tenía una "casa", con la ventaja de que no me pertenecía. Como los niños, no era responsable de nada: sólo debía obedecer. En este punto, sin duda, había forzado el juego, pues no era una niña y mi sumisión era sólo aparente…

En el apartamento del paseo podía continuar disertando a gusto sobre el amor y las relaciones humanas; estaba protegida. Mi cinismo sólo era una postura intelectual que me resguardaba de emociones que habrían podido perturbarme. Siempre pude vivir e incluso sobrevivir sin la ayuda de nadie y sin nostalgia: la falta de apego es una ventaja.

En casa de los Régnier, anónima e ignorada, me sentía bien y ellos me convenían. Laura por su vulnerabilidad y Bernard por su energía.

Los observaba. El comportamiento de los seres me importa tanto cuanto me es extraño. Descifro apasionadamente a mis semejantes, convencida cada vez más de que actúan por razones que no son las que invocan. El odio es el sentimiento más compartido; me fascina. No recuerdo haberlo experimentado: si lo hubiera deseado no habría concluido lo que hice. En mí es demasiado fuerte la indiferencia como para que pueda entregarme a la pasión.

Tampoco había amado; nunca.

En rigor, habría aceptado la presencia de esa debilidad en mí, para suavizar mi relación con el mundo; pero siempre que no hallara objeto sobre el cual apoyarla o si sabía como apartarla.

Pero en casa de Laura y Bernard estaba tan ocupada que no tenía tiempo para detenerme en mis sentimientos.

En primer lugar, la cadencia: la de mi trabajo repetitivo y la de Laura que señalaba sus recorridos con su paso automático, fija en su gracioso movimiento como las bailarinas de las cajas de música.

Ese era el ritmo interior del día.

Después venía el interior de la noche.

Laura se borraba, Bernard golpeaba puertas, ponía música, telefoneaba, hablaba en voz alta y yo giraba a su alrededor como mariposa nocturna.

Yo giraba y giraba, pero él no me veía. Me utilizaba.

El aroma de la jornada desaparecía, cubierto por el de B. Tenía un olor pertinaz, olor a hombre; yo respiraba tras él. Humeaba. Me llenaba de todo lo que disgustaba a Laura.

Siempre tuve nariz de perro de caza, lo cual, si bien me dispone a extraños placeres, me condena también a innumerables desagrados. Sexualmente, mi sensibilidad olfativa me sirve de elemento clave de juicio: el olor de un hombre es mi primer criterio.

Mi nariz debió advertirme en este caso. Pero me había entregado tanto a mi tarea que me hizo equivocarme, precisamente, en el engaño a que

67

me dedicaba. Tomé por decisión lo que era pasión naciente.

A pesar de la enseñanza de los libros, de mi reflexión y del aprendizaje de la vida misma, no era una excepción a la regla: conocía la vanidad del vínculo, pero su necesidad se me imponía; soñaba, a pesar de mí misma, con una relación llena de intercambios y calor.

Laura se retiraba todas las noches y me quedaba atendiendo las peticiones de Bernard, atendiendo incluso a sus silencios. No tenían la misma densidad que los de Laura.

B., más imprevisible, era tanto más deseable. Quizás sucedió así… Pero está claro que comprobé, sin saber cómo se produjo eso, que ahora deseaba, cada noche, que su recorrido, rápido, decidido, se desviara hacia mi cuarto. Acechaba los ruidos de la casa y la presencia de B. Así pues, dormíamos poco, Laura temerosa, Bernard exasperado y yo al acecho.

Hasta que un día escuché sus pasos en el pasillo.

Fueron más allá de la cocina y se detuvieron ante mi puerta, que no estaba cerrada con llave.

Vacilaba.

Estaba desnuda sobre las sábanas de mi cama, afirmada en las almohadas, con un gran libro de Baltazar Gracián sobre las rodillas.

Bajó la manija de la puerta. Entró su olor. No tiré de las sábanas para cubrirme el vientre.

No llevaba su traje habitual, sino unos jeans y un jersey negro que destacaba sus rasgos acusados.

Cerré el libro. Alcanzó a ver la página inicial.

—¿Y habla español?

La "y" por la sospecha, la inquietud y el deseo.

—Quiero saber —insistió.

Ese "ver" era la verdadera razón de su presencia en mi cuarto. Aparté ligeramente los muslos.

—¿Qué es esa historia del artículo, Clara? ¿Le concierne o no?

Hacía días y días que eso había sucedido y no le atormentaba en absoluto. Su preocupación era de un orden muy distinto. Yo lo sabía y él lo sabía.

—Está bien que me llame Clara; es una verdad que no tiene ninguna relación con la ficha del registro civil. La mentira como creación absoluta es difícil o imposible.

—¿Saca todo eso de su libro?

Se sentó al borde de la cama, su muslo contra mi brazo.

Bernard era un hombre de una sensualidad tan fuerte como la mía. Por un breve instante había entrevisto la mujer en mí, pero de inmediato lo había olvidado. Si nada quería saber, allí estaba yo para atestiguarlo. No se me escapó el punto. Y ese momento fugitivo, que volvía a surgir en él, le desorientaba.

Yo era la criada. Uno no se acuesta con su criada. Pero una mujer que lee *El Criticón* no es exactamente una criada, sobre todo si huele a Guerlain, si tiene cuidadas las manos a pesar de los trabajos de la casa, si tiene la piel firme.

Nos miramos.

Eso duró apenas un instante.

Dos segundos más tarde nos debatíamos el uno contra el otro.

Era un compañero a mi medida.

Un amante.

Si no el Amante.

Quería placer, él también, y nos entregamos a la tarea. Nos entregamos directamente. Allí no había sitio para vueltas, elusiones, amedrentamientos.

No sé si alguna vez me miró. Estaba demasiado cerca. Me palpaba, me olía.

Y yo sólo lo recuerdo ahora.

Entonces no necesitaba evocarlo: era parte de mí misma. Lo había incrustado en mi carne.

Ahora veo su espalda, sus nalgas, sus flancos, sus gestos bruscos y sus ojos cuando alzaba la cabeza para mirarme más allá de mi mirada, con el cuerpo sobre el mío. Siento lo granuloso de su piel, el sudor de sus sienes, el roce de sus cabellos cortos.

Pasaba las noches atravesándome: era su circuito turístico, sus paradas, sus miradores, sus éxtasis; y yo iba tras él, al cabo de mí misma.

70

Eramos una masa indiferenciada de goce. Un bloque. No nos conocíamos, nos vivíamos. Me eran indiferentes el color de sus ojos, el diseño de su boca. Sólo me apegaba, cuando me tomaba, a su ritmo y a la firmeza de su mano, esa mano con cuya presencia sobre mi piel soñé desde el primer momento en que la vi sosteniendo su abrigo como quien rescata a un ahogado; esa mano estaba sobre mí. Imaginaba que ella me concedía otra unidad, que mi cuerpo se ensamblaba de otro modo bajo esos dedos que seguían las cavidades, las eminencias, las curvas, que se arrastraban, cavaban. Me pulían, cincelaban, reconfiguraban. Me petrificaban. Me hacían Clara.

Advirtió al principio, cuando aún había alguna distancia entre nosotros, y ha sido el único que lo ha notado, que tenía la pierna derecha ligeramente más corta que la izquierda y que en la piel había una leve cicatriz. Advirtió esa nadería que fue la primicia de mi existencia tal como se ha desarrollado.

—¿Qué fue eso?

Escogí, incluso para él, una explicación trivial:

—Accidente de esquí…

Si hubiera descubierto que nunca fui a la nieve me habría llevado a los deportes de invierno. Pero nunca me condujo a ninguna parte que no fuera a estos vértigos. Y yo fui quien lo dirigió, por más señor que fuera.

71

Le bastó esa explicación. Me acarició la pierna corta más tiempo que la otra.

Este defecto le concede a mi andar una oscilación que disimulo caminando rápido; la velocidad borra la inclinación; sólo queda como una voluta, una ondulación del ritmo, como una curva por el aire, una incertidumbre que a él le parece encantadora. Con él, todos mis defectos se convierten en cualidades.

Apenas superábamos el centro de la noche, le enviaba a su habitación y seguía sola hasta el día.

Pues si durante la noche era la cosa de Bernard, en el día me desplazaba por los aires de Laura.

De Laura, que dormía tranquila y preguntaba:

—¿Cómo haces para librarme de B.?

¿No lo sabía o fingía ignorarlo?

Me inclinaba hacia la segunda hipótesis.

Yo creía que "día"-"noche" eran dos momentos distintos. Sin embargo, cuando sucedía que Bernard pasaba en el día por casa a buscar una carpeta o llevarse unos documentos, su olor de hombre y de tabaco me encogía el vientre.

El síntoma era leve, pero debí considerarlo si hubiera querido que nada cambiara.

Ocupada de día y de noche, no deseaba renunciar ni a Laura ni a Bernard. El día me era tan necesario como la noche. Ya no dormía. Tampoco Bernard. Nos agotábamos.

Laura no prestaba atención al cansancio de

su marido y se inquietaba por el mío: ¿no estaba haciendo demasiado?

No podía haber escogido mejor las palabras.

B. no era detallista. Reunía de prisa los papeles dispersos en su escritorio, por la mañana, y los introducía al maletín.

Yo limpiaba el cuarto sin tocar nada.

Pero desde que su cuerpo, por la noche, se apegaba al mío, sus asuntos me resultaban familiares. Miraba sus objetos de otro modo.

Sobre su escritorio sólo había papeles profesionales.

Encendía entonces su ordenador. Visitaba el menú y marcaba un ícono: *La femme convenue.* Mostraba las fechas y las horas: eran anteriores a nuestra relación.

El texto se abrió ante mis ojos. Era un relato erótico, hasta pornográfico. B., gracias a esas líneas estaba viviendo lo que no podía compartir con Laura.

Puse en marcha la impresora. Se apilaron las páginas: unas cincuenta, que releí atentamente.

Me habían formado en la lectura crítica. Instintivamente, valoré la calidad del texto.

La heroína de B., incapaz, como su mujer, de decir no, se veía arrastrada a las situaciones más extremas.

El tema era trivial y tan mal escrito como era de temer.

En vista de la imposibilidad de identificarse con una mujer, B. había intentado tomar distancia escribiendo en tercera persona; desgraciadamente su descripción resultaba muy poco convincente: a la heroína le faltaba consistencia. Allí sólo estaba revelando sus fantasías de hombre.

Recordé el desagrado de Laura y volví a hallar en esas frases un hombre que conocía.

¿Podría Laura ir más allá de las primeras líneas si leía ese texto? Imaginarla enfrentada a este escrito me hacía brotar un placer oscuro.

¿Pero qué interés tendría informarla? Si su cólera y repugnancia la acercaban a mí, podían apartarla de Bernard. Y si él se marchaba, ¿qué sería de la criada de los Régnier? ¿La despedirían?

No quería ni dejar el apartamento ni liberarme de la presencia de sus propietarios. Sin embargo, el pasatiempo de B. podía consolidar mis ventajas.

Confié a Laura mis dudas acerca de si comunicarle o no mis hallazgos. La sinceridad es mucho más prevaricadora que la mentira: la buena de Laura, naturalmente, quiso saberlo "todo".

Me hice de rogar, para que más tarde no me acusara de nada.

—¿Está segura?

Por cierto, me aseguró.

—¿Y podrá soportarlo?

Me juró que sí. La ignorancia es la peor de las torturas, creía.

Cedí. Regocijada.

Ella leyó.

Reaccionó como yo supuse.

—¡Cómo pudo!

Esa fue toda su exclamación de mujer engañada.

Nunca había leído textos licenciosos y, en general, había leído muy poco. La escandalizaba que eso pudiera existir.

Era puro resentimiento y repulsión. Ese hombre la había manchado. "Nunca más podré dormir con él."

Se preparaba, yo lo sentía, para montar, apenas llegara B., una de esas grandes escenas que tanto complacen a las mujeres.

Le insistí en que no podía utilizar contra él su conocimiento de esas páginas: sería lo mismo que acusarme de haber revisado los papeles de su marido.

—Y me echaría, señora.

No había mejor argumento; no quería que me fuera.

Y por primera vez puso una mano en las mías:

—No te preocupes, Sarah, no diré nada. Pero ahora sé la razón por la cual sólo venía a la cama al amanecer y nunca me decía nada...

Yo también lo sabía...

—Nunca más va a compartir mi cama.

Y pasó en seguida a la acción. Debí ayudarla a instalar y preparar la habitación de huéspedes. Allí trasladamos las cosas de B.

—De ahora en adelante dormirá allí —declaró.

Y comprendí, por cierto, que estaba heredando un territorio nuevo.

Las disposiciones que adoptó Laura alteraron por completo los recorridos habituales de los ocupantes. Ordenó las cosas de su marido en el cuarto de huéspedes y decidió que dormirían cada uno en su habitación. Esperó que regresara para anunciárselo. Entró a la biblioteca, donde él leía una revista mientras yo le servía su vaso de vino.

Me indicó, con un gesto, que me quedara allí.

Fue sucinta.

—Deseo que cada uno tenga un lugar diferente. Arreglé para ti el cuarto de huéspedes y allí llevé tus cosas y también al baño contiguo. Ese cuarto no nos sirve de nada. No recibimos a nadie. Es agradable. Mejor ocuparlo. Estoy segura de que no tendrás ninguna objeción.

B. bebió un trago de chablís detrás de su revista.

—Tienes razón, eso será más simple.

¿De qué simplificación hablaba? No precisó, pero ella pareció comprender.

De este modo pusieron fin a sus relaciones sexuales e incluso a sus relaciones conyugales.

Laura salió de la habitación y, por primera vez, vi sonreír a B.

—¡Noches tranquilas!

Desde entonces sólo se vieron muy de tarde en tarde.

Antes, cuando tenía tiempo y no tenía dinero, iba a las agencias inmobiliarias y solicitaba visitar apartamentos o casas. Eran mis viajes.

Descubrir una calle, un edificio, una escalera, una puerta.

Los lugares estaban vacíos o amoblados, sin nadie u ocupados. Ingresaba en vidas, respiraba atmósferas.

Me preguntaban en las agencias: ¿barrio, cantidad de cuartos, presupuesto, disponibilidad?

Improvisaba según mis caprichos, la paciencia, el cansancio, o el tiempo de que disponía.

Un gran departamento en el distrito XVI o uno más pequeño en el VII, tres habitaciones en el Marais, un taller en Montparnase, un loft junto al canal Saint-Martin, una barcaza en el puente de l'Alma, un refugio de caza en el bosque de Compiègne, una cabaña en Monfort-l'Amaury, pero también habitaciones derruidas e incluso insalubres en la rue du Temple, en Barbès o en Levallois…

Era abogada, empleada de banco, institutriz, directora de empresa o mujer de médico; era soltera o tenía tres hijos, medios limitados o abundantes.

Me concedían atenciones proporcionales al estatus que informaba. Me mostraban decoraciones que correspondían al papel que interpretaba.

Amoblaba salones, suprimía tabiques, abría ventanas. Construía un universo nuevo en un entorno insólito. Circulaba por derroteros extranjeros. Iba y venía.

Me destacaban, discretamente, la comodidad de los armarios, la ventaja de los vidrios dobles, el interés que tenían dos baños o dos escritorios, la posibilidad de instalar aire acondicionado. No era una mujer práctica. No prestaba atención al aislamiento térmico o sónico, a la calefacción eléctrica o a gas, pero sí a la distribución del espacio, a la circulación de la luz. Manifestaba ahogo por lo exiguo de las habitaciones, la tristeza que provocaban los pasillos sombríos o los cielos rasos bajos. Admiraba los vanos, los parquets, los revestimientos, las chimeneas, los balcones. Deploraba los esfuerzos decorativos anteriores: papeles pintados, alfombras, embaldosados…

Los lugares están cargados de historias: las recogía, relatos de vidas tristes o fantasiosas. En esos cuartos antaño hubo gente que habló, rió, vivió.

Una mujer tocaba el piano, se realizaba una cena, un adolescente sufría, en su escritorio, con sus deberes de matemáticas. Sonaba el teléfono en el salón. La abuela había muerto. Dejarían a los niños y viajarían a Normandía, a enterrarla...

La muerte no es sórdida, necesariamente. La vida no deja de tener, a veces, un dejo de agonía triste.

Se cerraba la puerta. Me acompañaban o me dejaban en la acera. Daba unas señas que no eran de nadie y regresaba.

Iba a una nueva agencia en cada una de mis vacaciones. Visitaba lugares privados; descubría París.

De este modo, en sueños, había vivido en todos los barrios: en pasajes, avenidas, en plazas, en estudios o en grandes apartamentos.

No estaba apegada a nada y disfrutaba tanto más de mi libertad cuanto más comprobaba la alienación de los demás.

Eso se hizo con toda naturalidad: desde la primera noche, B. me llevó a su nueva habitación.

La cama era más grande que la mía, también el cuarto.

B. me invitó primero a compartir lo que le llevé para cenar. Me había llenado el vaso con un Fourchaume premier cru de chez Laroche, precisó.

Me iba a marchar y me detuvo.

Necesitaba hacerse de sus dominios y resopló junto a mi hombro:

—¡Noches completas!…

No compartía su concepción: nuestras relaciones serían más libres, Bernard dormiría mejor, pero dudaba mucho de que mejorara mi sueño.

Veía venir, pesadas, las costumbres.

Fui severa:

—No se asombre de que vuelva a mi cuarto cuando usted duerma. No le molestará. Es necesario contar con momentos de soledad. Estaré aquí cuando usted se duerma y me volverá a encontrar al despertar con la bandeja del desayuno.

La respuesta fueron estas palabras sorprendentes:

—Haga como le parezca...

Comenzamos nuestro cuerpo a cuerpo sin preocuparnos de que Laura nos sorprendiera. Sabíamos que no se alejaría de su territorio. La aliviaba haberse liberado de su marido.

Desde ese momento, empezó a comer durante el día algunas frutas y yogures y a acostarse a las ocho. Ya no sentía angustia, me confesó, de que B. la buscara y se iba a dormir sin reticencias. La obsesión de la llegada de la noche, durante el día, estaba ligada al cuerpo de B... Y ahora que se había librado de él, gozaba durmiendo sola. Más distendida, se le animó el rostro y se le alegró el atuendo. Se permitió algunos toques de color en los vestidos y se los cambió con menos frecuencia.

Los saltos de gato, los pasos de baile, desaparecieron. Atravesaba los umbrales con naturalidad. No debía luchar con peligros inmediatos.

—Creo que Bernard y yo podemos seguir viviendo juntos gracias a ti, Sarah. Estás salvando nuestra pareja...

¿Sabía lo que estaba ocurriendo todas las noches entre su marido y yo? La sospecha ni siquiera la rozaba: el cuerpo de B. le era indiferente.

La preocupaba más el futuro de lo que él había escrito:

—¿Qué va a hacer, Sarah?

Imaginaba esas páginas, impresas, con su nombre en la tapa.

—No podría soportarlo.

La tranquilicé: ese texto no se publicaría jamás.

Yo tenía, en cambio, una proposición distinta; para que ella se vengara y yo pudiera escapar del maleficio de las noches.

—Borrémoslo o, mejor, modifiquémoslo.

El cuerpo se le torció, se sobresaltó, se inclinó. Todo cambio la hacía vacilar.

Sus ojos invadieron todo. Sólo veía en su rostro una mirada interrogativa.

Le propuse mi proyecto: alterar el texto, intervenir en la propiedad literaria.

—No quiero tocar *eso*...

Hablaba como de algo maloliente.

Precisó que nunca había escrito y que jamás usó un ordenador. Era un proyecto imposible...

—Yo me puedo encargar —dije.

Reaccionó tal como Bernard cuando le escribí el discurso.

—Pero Sarah, cómo podrías...

Le devolví el consejo que me había dado unos días antes: "No se preocupe"...

Ella se ocuparía de su nueva autonomía conyugal y yo del texto. Haría las cosas para que no sufriera por eso.

Todo cambió desde ese instante.

A pesar de que no salía más que Laura desde que vivía en el apartamento, viajaba. Cada habitación me arrastraba a recorridos imaginarios. Mis pasos resonaban en los lugares que atravesaba. Entre ellos ocurría un extraño intercambio: mi andar sobre la suavidad de las alfombras se tornaba leve y delicados mis gestos en medio de esos colores claros y esos objetos preciosos. Y los trataba con sumo cuidado. En todo ello había una sutil reciprocidad.

El apartamento había cambiado después de mi llegada. Ya no tenía la majestuosa unidad del comienzo: la secuencia armoniosa de los cuartos se había roto con la partición entre los dos esposos. Esta fragmentación correspondía a la parcelación de nuestra existencia.

Del costado de Laura estaba el dormitorio conyugal, la sala de baño y el salón. Del lado de Bernard, el cuarto de huéspedes, el otro baño y el escritorio.

Yo era la única que circulaba libremente por los dominios que se habían repartido, la única que disponía de todo el apartamento.

Quedaban lugares neutrales en esos territorios: el hall, los pasillos. Otros, destinados al mundo utilitario —cocina, lavadero— podían convertirse en sitio indeseable de encuentros entre ellos.

El comedor quedó sin uso. Solo yo entraba a la biblioteca.

Las habitaciones de Laura se me escapaban. Ahora que su marido ya no pasaba por ellas, se sentía allí como en su casa.

Debía golpear antes de entrar y a veces me hacía esperar. Saboreaba su soledad y no estaba dispuesta a compartirla. Presentí, antes de que los formulara, sus proyectos para su entorno. En realidad, yo estaba contemplando el mobiliario como un decorado de teatro que va a cambiar para el acto siguiente, que ya estábamos abordando.

Si bien el escritorio y el cuarto de huéspedes quedaron reservados para Bernard, cuando él estaba ausente, yo los disfrutaba.

Es verdad que seguía haciendo las cosas de la casa, pero leía en la biblioteca, trabajaba en el escritorio y descansaba en la cama de B.

Todo se iba modificando como cuando se cambia de propietario.

Reinaba en el sector de B. Habría podido, sin

problemas, influir en Laura, pero ése no era mi proyecto.

Mi habitación se había convertido en celda monástica donde pasaba las pocas horas en que B. dormía. Allí hacía un alto.

Entre el placer de la noche creciente y el del amanecer había una pausa de recogimiento ascético en un cuarto limpio, austero; allí me recuperaba hasta la mañana. Llevaba entonces la bandeja del desayuno a B., al lecho que habíamos compartido unas horas antes.

Era una bandeja para una sola persona: él. No quería destacar el lugar que estaba ocupando en su vida.

Sin embargo, me alcanzaba la taza y una tostada con mantequilla, que yo aceptaba.

Después nos quedábamos en la habitación. Era blanca y azul: puertas, lámparas, cortinas y cubrecamas blancas; alzapaños y alfombras azules.

B. dejaba la bandeja —que, por lo general, apenas tocaba— en el suelo, y me arrastraba bajo las sábanas, me enrollaba en ellas y su piel contra la mía extraía de mí estallidos de placer que me hacían gritar.

Era el cuarto del placer.

Muy pronto Laura hizo saber a B. que quería apropiarse por completo del sector que le correspondía. Y él consintió con la condición de que ella no interfiriera en su vida.

Laura hizo quitar casi todos los muebles, reemplazó las cortinas por venecianas, estuvo tentada de hacer retirar las alfombras para recuperar la madera del piso, pero renunció a hacerlo porque tendría que haber vivido en un hotel durante los trabajos.

Los muebles se marchaban uno tras otro.

Vinieron a pintar paredes y techos.

Hizo que cubrieran el mobiliario restante con grandes paños de algodón blanco que ordenaba lavar regularmente en la tintorería del barrio.

El territorio de Laura parecía fantasmal y ella, tan grácil era, parecía flotar; pero ya no recordaba a un ser desencarnado. Volvía a vivir.

Como no quería molestarme en mi tarea de rehabilitación de ese texto que maldecía, recurrió a una empresa de limpieza que se ocupó de esas habitaciones vacías.

Aparte de mis deberes de escritura, apenas tenía algunos domésticos: limpiar los dominios de Bernard y preparar su —nuestra— cena.

Pero Laura, ahora, se aburría.

Cuando yo entraba en acción en su sector o en las "partes comunes" —nunca se permitió entrar "donde su marido", como decía—, me seguía, observando atentamente mi modo de trabajar, como una hija que aprende de su madre los ademanes de mujer.

Patinaba detrás de mí, se adelantaba a veces a mis movimientos. Me alcanzaba el paño indispensable en el momento oportuno.

Fue como si ya no aguantara más:

—¿No te podría ayudar, Sarah? Me divertiría...

Le complacía el trabajo sencillo. Parecía una hermana conversa que busca la humildad y la alegría del deber cumplido: hacer que brille un cuadro, un espejo, los cristales... La empresa consistía en liberar a los objetos de su capa de suciedad. Los trabajaba como los filósofos a las ideas: los ponía en evidencia.

Habría podido, perfectamente, salir, mirar escaparates, encontrarse con amigas; pero al parecer ni se le ocurría la idea de salir del apartamento y dejarme.

Le cedí primero el cuidado de cosas sencillas como la vigilancia de las máquinas: lavadora, secadora, lavavajilla.

Pero exigía más y la inicié en el planchado.

Pasaba el hierro tibio sobre la seda húmeda y el satén de las sábanas; el hierro caliente sobre el algodón blanco. Aprendió a almidonar, a doblar. En menos de diez días formé una planchadora calificada.

Me pidió encargarse de tareas más pesadas.

Yo era reticente. Ella exigió.

Arrastraba entonces la aspiradora por sus dominios, limpiaba los vidrios, pulía la cocina, se hacía la cama, ordenaba el baño, se ocupaba de su ropa y empezó a manipular algunos ingredientes culinarios.

—Ocúpate de B. —me decía.

Y yo no sabía si la ambigüedad de la frase era voluntaria.

—Y trabaja en ese libro, transfórmalo... Si no fuera por esa preocupación, nunca me habría sentido tan bien.

De este modo me convertí en la señora de mi patrona y ella en mi sirviente.

Mientras leía o trabajaba, la sentía pasar trapos, escobas y aspiradora. Ya no se lavaba continuamente; y cantaba. El cuerpo se le había destrabado. Era alta y se movía con soltura, ya no titubeaba al andar. Mutaba. En jeans, camiseta y zapatillas, con el rostro sonrosado, giraba por el apartamento, mientras yo abría sus armarios, elegía ropa y me la probaba.

Había dejado en mi cuarto las ropas de antaño. Ahora tenía camiseros de seda, trajes Saint-Laurent, Lacroix o Chanel. Sólo estaba yo para verme cuando pasaba ante un espejo. Laura me decía:

—Toma lo que quieras; si no, lo enviaré al socorro católico…

¡El socorro católico! ¡Cuando eso me quedaba tan bien! Había acortado las faldas. Me probé sus zapatos; felizmente teníamos la misma talla. Me quedé con su caja de maquillaje.

Empezaba a encontrarme hermosa. Pero Bernard no se fijaba en nada. Todo esto le complacía, sin duda, pero nada más. Parecía no advertir que lo que su empleada llevaba puesto pertenecía a su mujer y se había pagado con su dinero.

Por otra parte, a fin de mes, Laura se quedó asombrada cuando le devolví lo que correspondía al trabajo realizado por ella. Me pagaba con el dinero de B.: le devolvía una parte. Esta idea, después de perturbarla, la alegró. Tenía la impresión de estar embromando a su marido y, de este modo, distanciándose de su tiranía.

Este dinero, que así desviaba, tenía su importancia: eran las monedas del esfuerzo y de la venganza. Se tomaba su revancha. Escapaba a la sumisión.

No le inquietó nada que me faltara esa parte de mi salario. Sin duda me creía tan próxima que su presencia, por sí misma, debería bastar para satisfacerme.

La situación me complacía, y financieramente no tenía problemas: hacía meses que no gastaba nada. Me podía permitir esa mengua de la ganancia.

Pero me satisfacía aún más la confirmación de mi teoría inicial: Laura se había transformado en mi criada.

La sensación de triunfo excedía el contento previsible y rozaba el encantamiento.

Era una verdadera delicia enseñarle a lustrar un mueble, a dar brillo a la platería, a perfeccionar una salsa.

Mientras ella trabajaba, me instalaba en un sillón de la magnífica biblioteca; pero ninguno de los dos leía. ¿Quién les habría aconsejado?

—Son los libros de mi padre. ¿Se ven bien en las paredes, verdad?

Esa fue la respuesta de Laura.

Bien…

Arriba había dos ediciones originales del Littré y del Larousse, del siglo XIX. Si alguna vez necesitaba dinero, me bastaría reemplazar esas obras por cualquier otra de aspecto semejante. Ni él ni ella lo iban a notar.

Sacaba libros de las estanterías.

Leía.

Abajo veía, en la luz, los cabellos rojos de Laura, inclinada contra el suelo. Lustraba el parquet.

También pasaba muchas horas en el escritorio de Bernard, rehaciendo ese pequeño texto que había decidido convertir en libro y, conforme al tema establecido, en libro erótico.

Aparte de comentarios teóricos, nunca había pensado escribir. ¿Qué me concentró en esos momentos en la mesa de trabajo? Sin duda lo que ocurría con Bernard, el trastorno que intentaba poner en palabras, contener, después que una noche me azotó la grupa (yo mordía la almohada) y exclamó: "¡Aquí hace falta más fuego, más rojo, aquí en el vientre!"

Rojo. Era el color que empezaba a surgir en el blanco de las habitaciones, incluso en las tan puras que arreglaba Laura. El color que yo veía en mi propio fondo.

No quería dejarme encerrar en las blanduras de la noche. Trataba, como siempre, de no perder la lucidez.

¿Acaso no había escogido unos años antes el concepto precisamente para eso, para dejar de lado el cuerpo, ese gran olvidado por la filosofía?

Pero ahora el texto de B., lo que con él descubría e intentaba controlar, me lanzaba este desafío: ¿cómo decir el placer y sus trayectos cuando tantos otros lo han hecho? ¿Cómo hallar itinerarios nuevos sin caer nunca en la vulgaridad?

El proyecto me interesaba, pero se articulaba directamente con lo que ocurría con B.

La idea central del texto de mi amante estaba en las primeras líneas que había escrito:

Esperaban de ella una suave deformación, una dislocación total de su cuerpo ante sus caprichos. El que se redujera a tan mínima existencia acentuaba su placer: Lily era ese lugar de aceptación absoluta que siempre desearon.

Lily, su heroína, era la prostituta más convencional imaginable: una mujer de itinerario difícil, abúlico y vacío.

En ella podía discernir algo de Laura.

Ahora que B. era el caminante de mi cuerpo, sólo tenía que superponer en este texto los senderos que construía sobre mi piel noche tras noche.

Gocé situando el trío:

Una mañana encontré a Adèle acompañada de un hombre.

Ella siempre fue grande y delgada; soy pequeña y redonda. Volví a ver el óvalo de su rostro de trazos regulares y esos cabellos que le caían sobre los hombros; tengo la boca grande, la nariz corta y los ojos muy oscuros. Adèle era hierática e impávida; yo, errática y muy ávida.

Adèle me confió: "Es Serge, mi compañero insepa-
rable".

Afirmación bastante para percibir el desafío.

En pocas palabras, le conté a Adèle, conociendo su ge-
nerosidad, mi problema: andaba en busca de un techo.

Me invitó en seguida a compartir su apartamento.

Serge me miró: esto comenzaba...

Sólo tuve que retranscribir mis noches, lo que
hice escrupulosamente los primeros días, mientras Laura circulaba por las habitaciones, las
ordenaba, las contemplaba y al mismo tiempo se
transformaba ella misma, se volvía más viva, más
colorida e incluso gozaba.

Pero me cansaba la característica de "diario
de abordo" de mi relato: no servía para escriba.

Decidí adelantarme: escribiría lo por suceder,
no lo ocurrido.

Ya lo dije: a B. no le interesaban los prelimi-
nares y a mí tampoco. Era en esto como en sus
negocios: lo más eficaz en el menor tiempo posible, pero sin olvidar por ello a su compañera.
Nunca desdeñó mi placer. Era yo la reticente.
Temía, sin duda, llegar demasiado lejos.

Insidiosamente, empecé a esperar algo de él.
Primero, que volviera. Después, que me presta-
ra atención, que me tocara; pero finalmente y
sobre todo, esperaba que me hablara, a mí, que
desconfío de las palabras, que no creo en ningún
intercambio.

Habría querido escucharle hablar de sí mismo. Saber. Esa era la palabra. Quería saberlo *todo*.

¿Quién era este hombre que me aplastaba contra el suelo?

La trivialidad de la pregunta hacía que la rechazara, sorprendida. ¿De dónde provenía una pregunta tan hueca? ¿Qué me importaba iluminar un pasado hipótetico y rehecho por nuestra respectiva imaginación? ¿Qué podía saber que no me enseñara su piel?

El mismo nada me preguntaba, aunque desde el asunto de las colleras podía sospechar que yo no era la que decía ser.

Por lo demás me había convertido decididamente en otra desde que me llamó Clara.

¿Pero quién era Clara?

Tampoco decía nada de eso. Ni le preocupaba que yo fuera Sarah. De la una a la otra, de la aceptación a la aniquilación, ignoraba dónde me situaba ni hacia dónde me dirigía.

Al caer la noche, dejaba a Laura en sus dominios; depositaba en su cama las páginas escritas que ella no leería nunca, estaba segura. Todos los días las encontraba en el mismo orden en que las había dejado.

Laura se acostaba y yo me reunía con B. al otro lado, aún más excitada porque él ignoraba por completo el pacto que nos unía a su mujer y a mí. Sólo advertía que ella estaba bastante mejor:

"retirarse tiene sus consecuencias", se limitaba a decir.

Y si él me engañaba con una Clara ausente, yo le traicionaba de diversos modos.

Sólo estábamos seguros de tres cosas:

No quería dejar a su mujer.

Me quería en su cama.

Yo era la criada.

Eso me susurraba en el cuello cuando el placer era inminente.

Era su conclusión.

Pero no pensaba dejarle la última palabra.

Yo dormía como los camelleros.

Podría creerse que era producto de los genes, pero sólo es un hábito que adquirí de muy pequeña. Una caída de la cuna me dejó en las sienes siete puntos de sutura que disimulo bajo el cabello.

Hace casi veintitrés años que me envuelvo en una sábana y una manta y me instalo hasta en el mismo suelo.

Lo que no facilita el comercio amoroso.

Dejar el lugar de las efusiones por un lecho tan rústico no tiene nada de atrayente. Nunca encontré un hombre que quisiera compartir mi parquet o mi alfombra, ni siquiera mi linóleo.

Así pues, acampaba sola.

Era, también, mi posición en la vida.

En el cuarto, con B., esa habitación que contaba con un nombre tan hermoso, de "huéspedes" —cosa que no éramos—, seguí la costumbre cuando terminaba por aceptar quedarme toda la noche. Mientras él dormía, le quitaba el cubrecama y me tendía sobre la alfombra.

Creí que no había advertido nada. Se dormía como los hombres, inmediatamente después del amor, y despertaba cuando le llevaba la bandeja.

Una noche sentí unas rodillas enredadas en las mías, un brazo alrededor de mis hombros, un aliento en el cuello. Nada más. Se me había instalado encima y se volvió a dormir.

Supe que ya no le bastaba un intercambio puramente físico.

Quería otra cosa.

No dormí. Me negaba a formar pareja.

Me gustaban los sueños solitarios, el choque de los cuerpos y no el abandono durante el sueño.

Nunca dejé a mi compañero otra cosa que mi goce, lo que ya es bastante si he de creer a algunas mujeres.

Había conocido muchos hombres, suficientes para no poderlos enumerar: reparto de horas y de caricias, breves altos en lugares de paso, aleatorios y dispuestos a la despedida.

Tenía una concepción económica, en el sentido freudiano, del amor: tensión y apaciguamiento. Nada de romance, pero respeto, el que se tiene al adversario en una competencia deportiva.

En B. había hallado al amante que me satisfacía. Nada fue complicado entre nosotros mientras nuestras efusiones se limitaron al cuarto de la criada y a noches abreviadas.

Las noches siguientes, cuando me reunía con él después de ordenar la cocina, desplegaba una sábana blanca sobre la alfombra. Una noche, cuando ya estaba apegada a la zarza de sus pelos, alzó la sábana: su brazo fue como un mástil que sostuviera una vela desplegada sobre mí.

Trataba de confundirme.

No tuve orgasmo.

No dormí.

Me preguntó, por primera vez:

—¿Qué sucede?

Nunca se había dirigido a mí de otro modo que a Clara, la criada. Se estaba acercando a una pregunta más personal, lo sentía, pero todavía no decía "qué te sucede"

Precisamente, no había sucedido nada.

Eramos dos extraños que teníamos una relación de piel. Nada más.

Yo trataba de convencerme.

Quería estar sola en el apartamento del paseo; como siempre y en todas partes.

Irremediable y definitivamente.

Sólo había eso, la soledad.

No quería retractarme de esta convicción.

Aunque Bernard me hiciera el amor toda la noche, jamás conseguiría que ese sentimiento adquiriera forma. Sólo sería un acto y siempre seríamos inaccesibles el uno al otro.

Laura, si hablaba, era a sí misma o a un destinatario evanescente.

Los dos me confirmaban que, cualquiera que fuera el deseo, éste no existe ni fuera ni más allá de lo que experimentamos. El mundo es el escenario donde los otros desempeñan el papel que les asignamos. Toda vida es una obra singular en la que cada uno debe diseñar el escenario. Pero esta verificación no anulaba lo que sentía. A pesar de mí misma, concedía a Laura y a B. eso singular y dulce que me habitaba.

Me resistía a este ablandamiento: temía perderles, los estimaba y no quería vivir sola. Su desaparición no sería un acontecimiento indiferente. Me gustaba la comodidad de su presencia, no sus personas. Podían fallecer sin tocarme, siempre que de inmediato se los reemplazara. Como eso parecía imposible, temía el trastorno que provocaría la búsqueda de sustitutos. No deseaba otros patrones. El uno y la otra convenían a mi ritmo. Los había domesticado.

En cuanto se refería a mi bienestar, había puesto, a pesar de mí misma, sentimiento. Me había abandonado a la ilusión común de los seres irremplazables, no intercambiables. No me dejaba engañar, pero más de una vez sentí el hálito de esa voluntad de durar. Estimaba la fidelidad a sabiendas de que luchaba contra el tiempo y el flujo móvil de mis deseos que me lleva por derroteros caóticos. Bastaba una mengua menor de mi vigilancia para que resurgiera el viejo sueño de introducir claridad y rigor en lo confuso y oscuro, de reducir la borrasca de los días a una secuencia coherente de imágenes inmóviles. Y si no prestamos atención, este sabor de eternidad nos inmoviliza como maniquíes de cera.

Por eso quería salir de los movimientos emocionales y volver a inclinarme hacia la indiferencia absoluta; pero el cuerpo no se plegaba a mi decisión. No podía dejar de esperar el regreso de B.

ni esa mano cuadrada que me alcanzaba el abrigo mientras la otra me apretaba los hombros. Me era necesaria esa presencia compacta. Después de la levedad inconsistente de Laura y la precisión sin sorpresa de sus actividades, el silencio de Bernard me hacía creer en una fuerza disimulada que me arrastraría. Era mi Rey de Aulnes y esto me aterraba. ¿Debía entregarme a él?

Me quitaba del cuerpo los atuendos de su mujer.

Me llevaba al cuarto azul y blanco.

Me tendía en la cama.

Estaba demasiado cerca de mí. Ya no le veía. Sentía el peso de su cuerpo sobre el mío y su olor entremezclado de lavanda y cigarro; también el sudor.

Todo se me escapó definitivamente el día en que, en lugar de entregarse a su gimnasia habitual, me estrechó en sus brazos.

No sucedió casi nada, pero de allí brotó el infinito del trastorno: esto sucedía entre nosotros… Nuestros cuerpos, abiertos, se mezclaban. La confusión era total en nuestra carne y en nuestra cabeza —si puedo hablar en nombre de B—. Estábamos inmóviles dentro de una emoción que mutaba en alegría.

Algo había cedido dentro de nosotros.

Ya no éramos acróbatas. Envueltos por una fuerza que nos superaba, estábamos confundidos.

Sobre el mío, el cuerpo de B., corto y firme, se adecuaba a mis medidas. Eramos superponibles, los contornos de uno seguían los del otro, frente y dorso de la caja cerrada que iba a abrirse: la del placer.

Sus labios se apegaban a mi cuello, sus dientes me aferraban la nariz o la nuca. Le chupaba las orejas, le pasaba la lengua por los hombros.

Mis dedos estaban en su piel y los suyos en la mía.

El goce que llegaba entonces no se parecía a nada, ni al placer que juntos experimentamos antes ni al que disfrutamos alguna vez con otros. Este placer nos transportaba y rubricaba el éxtasis. Estaba desarmada, agradecida e insaciable.

Hasta entonces el placer me había colmado; éste me acentuaba el hambre. Se imponía mi deseo, en cada instante renovado e imperativo.

Me abandonaba. Habían caído los límites e iba a la deriva en la corriente de las delicias.

B. me estrechaba entre sus brazos. Sabía que ya no iría a lavarme y que dormiría contra él, una y la misma la cadencia de los dos alientos.

Laura no parecía advertir nuestra actividad nocturna.

Se activaba con la limpieza, estiraba las cortinas de algodón, trotaba en calcetines en los cuartos vacíos.

Por esos días regresó al piano... Mientras yo tecleaba en el ordenador de su marido, experimentaba, ella también, la necesidad de agitar los dedos. Eramos unas dobles, desfasadas.

Repetía y repetía durante horas ejercicios agotadores. No quería un profesor: "Ningún extraño en casa..." Creía que le bastaba con los quince años de lecciones de su juventud. Y el eco de las notas, su impreciso sonido, su ritmo caótico, destacaban el vacío de las habitaciones donde yo esperaba a B.

Laura, con su presencia, era el único ser que me podía distanciar de mi tormento amoroso. Inscrita en nuestro trío, sólo estaba cerca de mí. Estábamos solas durante el día y, si algo esperaba de ella, era distracción, alivio. Pero, distante, Laura me abandonaba a mi pasión y me privaba de mis últimos restos de vigor ante lo cotidiano. Se iban operando imperceptibles desplazamientos entre nosotras. Ahora era ella la más activa en la casa y yo la que me quedaba largo tiempo soñando, sentada a la mesa de trabajo.

Me cambiaba varias veces de vestido en el día, me volvía a maquillar; mientras, ella se paseaba en su camiseta blanca.

Una mañana, como para acentuar la confusión, me pidió al salir del baño, con los cabellos mojados, que se los cortara. Los quería muy cortos.

Frágil, en su bata blanca, se sentó en medio de la habitación desierta. Me pasó las tijeras. Una postura teatral.

Debía cortar unos cabellos que le cubrían los hombros y descendían en masa hasta su cintura.

—¡Corta!

Tergiversaciones posibles:

—¿Cortar qué?

—¿Cómo hacerlo?

—No sé…

—No puedo…

—No quiero…

Callé, con las tijeras en la mano.

Ella me daba la espalda.

Veía sus hombros cubiertos por la toalla blanca sobre la que se extendía el cabello mojado.

Sumergí allí las manos y alcé puñados pesados de agua.

—Dos centímetros, máximo, en todas partes.

Era una orden.

Corté primero prudentemente al nivel de los hombros. Los cabellos caían a tierra.

Daba golpes de tijera más y más rápidos, más y más exactos. El metal golpeteaba en el silencio, los cabellos crujían y caían.

—¿Flequillo?

Usé el tono de un cirujano que pregunta "¿presión?"

—Cortas todo alrededor del centro del cráneo. Sigues el contorno, equilibras, cortas más. Quiero que parezca de carmelita. Ascesis y sayal. Prefiero la seda y el visón, pero no puedo ponerme eso... Mejor ser tajante. Sobre todo en este escenario desierto. Alfombra cubierta de trapos.

Me froté mi cabellera dura, que me llegaba a los hombros. La de ella era suave.

—¿Para parecer qué?

—Sarah, sólo quiero liberarme de esta pesadez.

Seguía cortando. Nada más entusiasmante. Cortar y cortar sin pausa.

Sostenía su cabeza con las manos; como esculpirla.

Quedó debajo de mi mentón agudo, con sus altos pómulos, sus mejillas hundidas, las orejas delicadas, los ojos malva, las sienes azulosas, los labios hinchados.

La nuca redonda y el cuello liberado y flexible reforzaban su belleza. Rozaba la perfección.

Por más torpe que fuera el corte, Laura resplandecía. Sus rasgos se habían precisado, la mirada honda de angustia destacaba su tez traslúcida.

—Laura…

No dije nada más.

Como respuesta, escuché:

—Tus defectos, Sarah, no son…

Y también se interrumpió.

Supe entonces que me amaba y que mi apego a ella debía ser menor que el suyo a mí.

Las imperfecciones anudan los lazos entre los seres, no las cualidades.

Ella era demasiado hermosa, pero tenía esa fragilidad… Y ésta me fascinaba, no su esplendor.

La hubiera querido entre mis brazos.

Yo, a quien no gustaban las mujeres.

Yo, a quien sólo gustaban los hombres. "Una bestia de sexo", habían dicho de mí.

Laura desviaba mi deseo y en ese mismo momento me desviaba.

Le pasé la mano por la nuca limpia: sentí el roce del tupido cabello que aureolaba su rostro y que, de perfil, brillaba como si abanicos multiplicados se desplegaran a su alrededor.

A mí me había crecido el cabello. Me lo cepillaba largo rato para estirarlo y poder hacerme un moño.

Me depilaba las cejas, me ponía polvos en las mejillas y rouge en los labios y me pintaba las pestañas. Creo que, bien vestida, maquillada y perfumada, ya era hermosa. En cualquier caso, me costaba reconocerme en los espejos.

Todo eso era por B.

Pero él, al parecer, nada advertía.

Laura sí que me admiraba.

Era ella la que me prodigaba consejos.

Nos instalábamos ante el gran espejo del baño.

Revolvía el interior de sus armarios y me pasaba vestidos, trajes.

Como era de talla mayor que yo, con la boca llena de alfileres, ajustaba el busto, ceñía el talle, acortaba las faldas.

Escogimos espontáneamente la alianza del rojo y el negro —yo había preferido otro itinerario para mi ascenso social, el del delantal blanco— que destacaba mi tez mate y mis ojos oscuros.

Laura iba siempre de blanco, pero lo amenizaba con pañuelos, cinturones, joyas.

Ya disponía de todo su guardarropa; ella lo había abandonado definitivamente; deseaba lo "sencillo".

Le encontraba un aire de joven norteamericana, piel limpia, sin maquillaje, fresca.

Y yo estaba cada vez más sofisticada. Llevaba medias negras, bragas de encaje, zapatos de taco alto. No me reconocía a mí misma.

Pero si por la noche me hubiera puesto un vestido de cóctel, escotado, B. me habría hecho quitarme todo de inmediato y me habría arrastrado, desnuda, a sus brazos. No se fijaba, tampoco, ni en mi maquillaje ni en mi perfume.

Laura desplegaba conmigo una libertad total. Ya no se ocultaba y más de una vez pasaba desnuda por el apartamento y así se quedaba largo tiempo, cuando hacía demasiado calor, sentada en el piano. Sus senos se reflejaban en la tapa alzada del instrumento.

Desde que empezó a tocar, dejó de usar guantes.

Se lavaba las manos antes y después de los ejercicios y limpiaba las teclas con alcohol.

Pero mientras golpeaba esas teclas no manisfestaba vacilación alguna. Golpeaba sin aprensión, absorta en el sonido que producía. La sensación superaba lo táctil: producía música y sus orejas eran las afectadas. Había derivado…

Noté el placer que experimentaba repitiendo las mismas frases, reiterando incansablemente un pasaje, menos para trabajar esa secuencia que para deleitarse en ella.

Prefería notoriamente los allegro vivace. Le

gustaban los acordes vivos, los movimientos fortissimo. Allí se manifestaba su violencia, la que no expresaba jamás. Poseía una voluntad de destrucción que debía confundir con el miedo a ser aniquilada.

La música liberaba su agresividad. Podía aplastar las notas y de ello no resultaría ninguna muerte. Por el contrario, se desgranaría una sonata. Lo que sentía como negativo se convertía en belleza y la reconciliaba consigo misma.

Cuando trabajaba en la casa, experimentaba también una verdadera alegría en ser eficaz: la huella de su paso quedaba en los objetos.

En ambos casos, Laura efectuaba actos que no molestaban. El temor retrocedía.

Antes, convencida de que era peligrosa, veía peligro en todas partes. Y ahora lo sabía: sólo eran productos de su imaginación.

Todo comenzó cuando B. dejó de dormir con ella. Se apaciguó. Ya no la incomodaba y ya no corría el riesgo de hacerle daño.

Después pudo, poco a poco, domesticar sus alrededores. Hizo suyo el espacio en que vivía y ya no se defendió de lo conocido. Nada terrible surgía desde afuera. Podía, entonces, dejar que su violencia se fundiera bajo formas socialmente aceptables.

Porque, a su modo, la dulce Laura estuvo mucho tiempo agitada por fantasías de asesinato…

La violencia, exteriorizada, se disuelve.

Ahora Laura era libre. O casi.

Yo lo era mucho menos, aunque ya no tenía que respetar obligaciones domésticas.

Me había convertido en algo distinto a la criada de los Régnier.

Era la amante de Bernard y escribía la historia de sus manos sobre mi cuerpo.

El descubrimiento del texto de B. cumplió una función crucial: separó a los esposos, liberó a Laura de su alienación en B. y me lo entregó.

Este deslizamiento de posiciones iba mucho más allá de la situación real de nuestro trío.

La lectura del escrito de B. me había devuelto la atracción por la mentira, que siempre fue tan solo la fascinación que sobre mí ejercía la ficción.

Resurgían los ecos de cuentos enunciados por las voces desaparecidas en la multitud de noches atravesadas desde la primera infancia. Volvía a retomar esos relatos, interrumpidos antes del desenlace por el orden arbitrario del sueño, y noche tras noche me servían para perfeccionar la historia. Me los apropiaba. La leyenda de la relatora del momento se convertía en mi construcción personal, intocable y accesible según la necesitara. El poder de la imaginación circundaba la soledad e impotencia de niña. Escapaba definitivamente del capricho del adulto. El ensueño es un refugio inexpugnable.

119

La necesidad de creación, siempre presente en mis fantasías, adquirió otro giro por el mero hecho de que B. se hubiera autorizado una novela. Tal como me abrió a los recursos insospechados de mi cuerpo, ahora me ofrecía los de la escritura.

Pudo haber sido nada más que un pretexto para apresurar la inversión que estaba ocurriendo: yo en el escritorio y Laura en tareas subalternas. Pero la perturbación era más profunda.

Descubría que nunca tuve otra inquietud que la de relatar historias.

La vocación novelesca brotaba de mi extrema soledad y de la minuciosa observación de los demás, del deleite que sentía distorsionando cada hecho.

Así que no me podía sorprender que la empresa en que me aventuraba como en un desafío, pero sobre todo con un objetivo conjuratorio, no produjera el efecto previsible: liberarme de mi síntoma, olvidar a Bernard.

Lo sentía presente todo el día. Había comenzado a trabajar para calmar esta marca ardiente, tal como se aplica una compresa fresca allí donde la cera ha arrancado el vello. Bernard era mi miembro fantasma: ausente, lo sentía. Y por eso escribía. Para distraerme, liberarme. Pero, por el contrario, Bernard reaparecía en cada una de mis palabras. Y hasta tal punto que, releyéndome, me preguntaba si no estaría convirtiendo un texto ligero en un libro distinto, para colecciones pretenciosas.

Tomé la precaución de llevarme los disquetes del escritorio de Bernard y de borrar todo rastro en la memoria del disco duro.

El cuarto tenía su aspecto habitual: los papeles de B., los ceniceros vacíos, las alfombras de tonos azules, el gran escritorio de caoba sobre pies de mármol, los sillones de cuero negro.

Cerraba la puerta.

De pie ante la ventana abierta del salón, de cara al sol, Laura, desnuda, se estiraba.

Me escuchó entrar y preguntó, sin volverse:

—¿Y ese texto?

Fingí tener tropiezos, lo que no la sorprendió nada. ¿Cómo iba a ser escritora una criada?

—¿No sería más sencillo que borraras todo?

No le confesé que ya lo había hecho. B. ya no necesitaba textos eróticos para relajarse.

No imaginaba que me había apropiado de sus intentos novelescos y me dedicaba a describir sus hazañas nocturnas.

Cuando le veía sumergido en *Le Monde des livres*, no podía dejar de sonreír. ¿Lectores anónimos seguirían alguna vez el derrotero de nuestras noches?

¿Y podría creer Laura que esa feúcha que contrató le había encantado al marido mientras ella se ocupaba de unas tareas domésticas que le eran

retribuidas con el sueldo de su propia empleada?

Pero todo eso era anecdótico y no respondía
la pregunta de lo que yo debía escribir.

No había más tema que la pregunta de Laura,
que ella creía anodina: "¿Y ese texto?"

No podía sustraerme al proceso a que me había entregado.

Nunca estuve tan apegada a dos seres.

Nunca traicioné tanto.

Pero por allí pasaba mi camino y no podía
eludirlo.

Debía realizarme, fuera cual fuere el precio
de mi desalienación.

La felicidad que sentía al comprobar esto implicaba que no debía hacer caso de lo que me
vinculaba a Laura y a B.

Laura estaba transformada; yo me había
metamorfoseado. Se operó una especie de per-
mutación. Había tomado el lugar de Laura y ella
casi ocupaba el mío; pero yo debía ir aún más
lejos.

Pasaron el verano, el otoño y el invierno. Comenzaba la primavera. Las tardes eran más largas. A veces Laura tardaba en irse a su habitación. Parecía haber olvidado que no vivíamos solas en el apartamento. Me impacientaba. ¿Estaría allí cuando llegara B.?

Nunca sucedió.

Los esposos se dejaban mensajes lacónicos en la mesa de la cocina. No se referían al cuidado de la casa, que seguía siendo mi responsabilidad. Pero se informaban las novedades de que se enteraban: había muerto uno de sus amigos y convenía enviar la tarjeta de condolencias, o había un matrimonio y Laura le encargaba el regalo a Bernard.

B. regresaba todas las tardes. Así que me inquieté la primera vez que no vino.

Laura se había reintegrado a sus lugares y yo daba vueltas en la cocina. Pasaba el tiempo. A las diez, era pura espera. Imaginaba todo lo que le podría haber sucedido... ¿Estaba en su despacho?

Actué como las esposas ansiosas. Descolgué el teléfono, pero no me decidía a marcar el número. ¿Qué me habrían dicho?

—¿Bernard Régnier? ¿Pero quién pregunta? ¿Su criada?...

A medianoche abrí la cama, el sitio donde hacíamos el amor antes de tendernos en el suelo. No había cambiado las sábanas por la mañana y había una mancha en el centro. Fui al lavadero y saqué del canasto la camisa, el slip y los calcetines que B. llevaba el día anterior. A medida que avanzaba el romance, el lavado de la ropa blanca de B. ya no estaba al día, tampoco el de mi ropa. Pero eso importaba poco en vista de la opulencia de los armarios.

Me enrollé en medio de la cama, con la nariz en la ropa de B. Sentí su olor sin dejar de escuchar los ruidos de afuera. La puerta principal que se cerraba, el ascensor que se ponía en marcha; era él...

Pero no volvió.

Por la mañana, cuando Laura se levantó, yo estaba deshecha y ella sonriente y descansada.

—¿No estarás enferma?

No esperó la respuesta y puso en marcha la cafetera. Había cambiado el té por el café y ahora comía tostadas y frutas.

124

No comí nada.

—El señor no ha vuelto.

Ninguna reacción.

Que el señor estuviera o no estuviera no significaba nada para ella.

—Puede que le falte algo si se marchó en viaje de negocios. No hice ninguna maleta.

—¿No le pidió nada?

Me trataba de "usted".

—¿O no me habré fijado?

—Basta una tarjeta de crédito. B. no nos necesita para hacer sus cosas.

—Por cierto, señora.

—¿Qué te inquieta, entonces?

Sin duda lo que había escuchado había provocado ese súbito "usted". Decidí ser prudente.

Me fui a encerrar al escritorio.

Sola, ante la pantalla del ordenador, veía el cuerpo grueso de B., su mirada oscura. Esa consistencia y esa opacidad se me acercaban. ¿Quién era B.? Un hombre secreto, desprovisto de abandono. Sin embargo, la antevíspera, estaba junto a mí, en el suelo de la habitación de huéspedes.

Regresó esa noche. Debió ir a Frankfurt y compró todo lo necesario en el aeropuerto.

Laura tenía razón. Lo conocía mejor que yo.

Y no haberme avisado era, para Bernard, algo natural. ¿Por qué me tenía que avisar de sus proyectos?

Sin pasar por la cama, me arrastró a las sábanas directamente sobre el suelo. Me cubrió con su cuerpo, puso sus manos en las mías y su boca en mi cuello; no se movía.

No me moví.

Esperaba que me explicara su ausencia.

Quería morderle, gritar, estar furiosa.

Pero seguía encima, apretándome las manos, con los labios apoyados en mi oreja.

Creí que se dormía.

Moví una pierna. Me apretó más. No dormía.

Estaba tendido sobre mi cuerpo tenso. Como si necesitara tiempo para impregnarse de mi olor y sentir el ritmo del latido sanguíneo bajo mi piel. Empezó a moverse.

A pesar de sus caricias y sus besos, mi cuerpo se cerró y sólo acogió su placer con cólera.

¿Por qué iba a obedecer a sus exhortaciones, "ven", cuando le había esperado en vano toda una noche?

Era la segunda vez que no compartía el goce de mi compañero.

La sexualidad funciona mucho mejor, pensaba, si es mecánica. Una mínima emoción basta para desajustar su frágil ensamblaje.

Sin embargo B. y yo continuamos con nuestra vida de nómades nocturnos. Pero en mi caso esa vida se acompañaba de una emoción impotente.

Me habría gustado recuperar ejercicios físicos más sencillos, una gimnasia sana en lugar de este intercambio estático.

Estaba furiosa y, para pasar la rabia, me encerraba durante el día en su escritorio y escribía en el ordenador escenas que no sucederían entre nosotros: los manejos eróticos de los primeros capítulos se transformaban en intercambios apasionados.

Quería a todo Bernard sin dejar de seguir sorda a este deseo: le quería...

No sólo pasaba mis noches con él, incapaz de acompañarle, sino también los días, sentada ante su ordenador, ocupada en evocar su presencia y en transfigurar nuestra relación.

Pero mientras más me dedicaba a unirme a él, más se me escapaba. El hombre que deseaba me resultaba inaccesible.

Por la noche ya no dejaba las páginas impresas en el cuarto de Laura. Y recuperé definitivamente las que allí había dejado. Ella no lo advirtió o no me dijo nada.

Yo experimentaba algo demasiado violento como para que participara.

En la novela que estaba escribiendo, en ausencia de Adèle, Serge y mi heroína, que estaba a punto de llamar Clara, seguían juntos todo el día: no trabajaban. Di a su relación la armonía que soñaba con B. Pero, como la felicidad no debe ser perfecta, había que complicar la historia y el trío se hacía trizas entre sí.

Nada me podía resultar tan cruel como escribir sobre el placer. Me habría gustado no conocerlo nunca, haber sido frígida toda la vida. Pero me obsesionaba el recuerdo del goce pasado. ¿No volvería a haber otro? ¿Y valía la pena la vida, si privada del éxtasis? Dudaba…

Rabiosamente, para retener la impronta de B. y al mismo tiempo para borrarla, me encerraba en su escritorio y tecleaba en su ordenador.

Estaba en su zona, instalada en su encuadre familiar, manipulando los objetos que él amaba, sentada en su sillón.

Y sin embargo, por más próxima que pudiera estar, jamás le alcanzaría…

Esto, como lo demás, no podía decirlo a nadie.

Sólo podía escribir. Y seguir escribiendo.

De este modo, con el salvajismo más extremo, destrocé nuestra historia, retorcí el relato, deformé los sentimientos.

Proseguí lo que B. había comenzado: un texto donde el erotismo y la sensualidad recubrían la emoción.

Escribí las treinta últimas páginas en quince días. Pude haber escrito más de cien —y lo hice—, pero opté por un texto de violencia apretada.

Tardé un mes con las correcciones. Encargué después papel y sobres y confié todo al correo: treinta manuscritos salieron para treinta editores.

Todo esto era, a fin de cuentas, un paso a la acción. Enviaba lejos lo que me roía.

El dieciséis de mayo sonó el teléfono.

Laura pasaba la aspiradora. Atendí yo.

El libro había sido aceptado por una de las más respetables editoriales.

Verdaderamente me trastornó que aceptaran el manuscrito.

Lo había terminado tan rápido, con tanta furia y tanta desesperación que ni pensé la posibilidad de su publicación.

Las pocas veces que pude imaginarla fue en un escenario donde yo controlaba el juego del trío que formábamos: había diseñado el escenario en el cual cada uno de mis compañeros, si engañaba al otro, era también engañado por mí.

Ni el uno ni la otra podían esperar que describiera su intimidad.

En el caso de Bernard, la intensidad de nuestra relación imponía el secreto. Nuestro vínculo nos aislaba: nos pertenecía. No podíamos compartirlo con nadie. Habría podido, hablador como era, dejarse llevar por el tema: "somos el uno para el otro"…

En el caso de Laura, la había liberado de B. y de sus producciones corporales y espirituales.

¿Cómo habría podido imaginar que iba a reemplazar el texto de su marido por informes detallados de mis noches con él? Me creía de su parte; no imaginaba que me deslizaría en las sábanas que abandonó.

Sus impulsos hacia mí los imputaba a su magnanimidad; en cambio, no concebía que su marido pudiera desear una criada. Las barreras sociales le parecían lo bastante sólidas para sentirse protegida.

Los había utilizado para escribir mi novela, pero la falla de mi goce y la amplitud de mi deseo me empujaron a crear.

Ya no se planteaba la cuestión de mi porvenir profesional. Acababa de adquirir un estatus social compatible con mis aspiraciones.

Había conseguido lo que deseaba. Debía estar satisfecha. No era el caso.

Entre los diversos personajes que había interpretado, ya no sabía cuál era el autor de la novela. Mi nombre, que puse bajo el título del manuscrito, me parecía incierto. Había allí reflejos de Sarah, la criada de Laura; de Clara, la amante de Bernard, y de esa otra Sarah, que dirigía a Laura y era su cómplice… En el texto que se iba a imprimir subsistía un eco del escrito desaparecido de Bernard. Ese hombre dejaba huella.

¿Y dónde estaba yo en eso que era mi obra?

Los Régnier nada sabían de lo que estaba sucediendo.

Cuando llegó el momento de las entregas, que recibí sola, alguien de la editorial quiso que firmara el contrato. Yo había estipulado que no quería desplazarme ni darme a conocer por ningún motivo. Y que no concedería ninguna entrevista a periodista alguno.

Sorprendido y contrariado, mi editor aceptó agregar esa cláusula al contrato.

Hice la corrección de pruebas en la primera semana de septiembre. El libro salió poco antes de octubre, con mi verdadero nombre, que los Régnier no conocían.

Quince días después presentaron el libro. El rumor de que nadie conocía a la autora, agudizó la curiosidad de críticos y lectores.

Se decía que la nueva novelista se hacía enviar la correspondencia a una casilla de correos y que nadie sabía donde vivía.

Mientras más me exhortaba Bernard a la entrega, más me oponía yo a dejarme arrastrar cuando, precisamente, deseaba ese abandono.

Yo, que nunca tuve dificultades sexuales, permanecía bajo su cuerpo, dislocada por dos deseos contrarios.

Tenía un temperamento ardiente, que se inflamaba al menor estímulo. En el hogar había siempre brasas, pero jamás ardían. Esta inhibición constituía un suplicio exquisito: en el umbral del placer, con el cuerpo dilatado y sin apaciguamiento posible, el deseo era una tortura continua.

La venta satisfactoria de la novela era una especie de compensación, y realizaba lo que no se cumplía con B.; era mi revancha por el fracaso de nuestra relación. Habría podido romperla, pero no me sentía capaz. No podía sustraerme a esos actos fallidos ni escapar de la atracción de su cuerpo. Placer y sufrimiento estaban allí tan encabalgados como nosotros.

En ese momento, B., que nunca hablaba, me informó que había comprado un apartamento de tres habitaciones en el Champ-de-Mars.

—Este verano *nosotros* podríamos dormir afuera…

"¿*Nosotros*…?"

¿Pensaba sacarme del apartamento del paseo?

Y agregó, como para tranquilizarme sobre el destino de aquella a quien yo servía y confirmar que continuaba con su deber de marido, lo que implicaba que asumía el de amante, agregó que había encontrado, para Laura, un apartamento en el Trocadero.

—Adora ese barrio; el de su juventud…

Y, como para cerrar el círculo, proclamó:

—He decidido alquilar este apartamento.

¡Alquilar el apartamento del quai d'Orléans!

No me interesaban sus proyectos, que quiso exponerme. Sólo me inquietaba una cosa: ¿a qué agencia había recurrido y el precio sería accesible para mí?

Me respondió, sin recelar nada, sobre esos dos puntos, y continuó explicándome la manera como entendía nuestra vida. Lo dejé hablar sin escucharle.

Nunca iba a abandonar el apartamento del paseo.

Iba a alquilarlo.

El anticipo que me habían dado en la editorial,

mis ahorros y el descubierto que me autorizaba el banco me permitían el gasto.

Posteriormente pondría avisos: las ventas del libro no bastarían, sin duda, pero podría subalquilar habitaciones a estudiantes e incluso dar cursos de filosofía. El apartamento tendría aspecto de internado. Me convertiría en celadora y escribiría mientras mi pequeño curso estuviera estudiando.

Todo sería como antes, pero ahora tendría las comodidades e incluso el lujo.

La perspectiva me encantaba.

Me puse de inmediato en contacto con la agencia y todo estuvo a punto para la fecha que Bernard escogió: el quince de enero.

Laura, informada de las decisiones de B. al mismo tiempo que yo, quiso tranquilizarme.

—Estaremos muy bien en el Trocadero. Y en calma...

Ella también me quería llevar consigo.

Yo quería quedarme donde estaba.

Bernard me invitó a visitar el nuevo apartamento.

Mi mirada fija le disuadió y no volvió a insistir. Pero me mostró fotografías. Describió y bautizó cada habitación: *el* salón, *mi* escritorio, *nuestro* cuarto.

El quería que la situación estuviera clara. Notaba mi malestar; yo me desplazaba hacia el no-placer. El creía que si estábamos solos, sin nada que ocultar, me relajaría.

No deseaba divorciarse, sino vivir conmigo y que Laura siguiera su vida por su cuenta.

—Dentro de tres semanas nos trasladamos a Champs-de-Mars. ¡Este apartamento ya está alquilado!

Yo callaba y continuaba traicionando a los dos.

Llegó el día de la mudanza. Pasé una semana llenando cajas. Cuando terminamos de cargar todo en dos camiones —el de Laura y el de su marido—, Bernard me tomó de los hombros y me llevó a la puerta.

Era la primera vez que Laura nos veía tocarnos.

Gritó:

—Sarah, ¿qué sucede?

—Se viene conmigo —declaró B., con su voz más tajante.

Laura estaba pálida, de pie en medio del hall. Me pareció que vacilaba.

Intervine. No deseaba ningún drama. Cada uno se instalaría en su apartamento. Si lo deseaban, podría ir a ayudarles a ordenar las cosas. Y después nos organizaríamos.

La índole razonable de mis palabras les tranquilizó. Era, en efecto, lo más sencillo.

Casi agradecieron mi comprensión y eficacia.

Se marcharon con la certidumbre de que podían contar conmigo.

Era la una de la tarde.

Los muebles que había encargado llegaron a
las dos. Los hombres de la empresa los instala-
ron: sofá, sillones, sillas, escritorio, ordenador,
lámparas, ropa de cama, vajilla. Todo quedó en
su sitio.

La cocina estaba equipada. Dejaron las máquinas y había numerosos armarios. No faltaba nada.

Ordené y limpié el apartamento como lo había hecho a menudo durante tanto tiempo.

Pegué un cartón con mi nombre manuscrito
sobre la placa de cobre de los Régnier.

Laura telefoneó un poco más tarde. Me esperaba.

Y después Bernard.

Respondí que aún no terminaba. Y descolgué
el teléfono.

Al atardecer vino un cerrajero a cambiar las
cerraduras.

Había terminado.

Estaba en casa en el apartamento del quai
d'Orléans.

Sin duda Laura y Bernard necesitaron tiempo para comprender que no me iría ni con la una ni con el otro. Ignoraban, por supuesto, quién había alquilado el apartamento. No solían ir a las librerías y solamente Bernard, que leía los diarios, revisaba al vuelo la página de *Le Monde des livres.*

¿Volvieron al paseo de Orléans a leer el nuevo nombre que figuraba en el buzón y que no conocían?

Durante las primeras semanas llamaron a menudo a la puerta. Nunca respondí.

El teléfono no me molestó. El nuevo número era privado; no figuraba en lista.

B. me escribió dos meses después. Encontré su carta en mi buzón, había agregado la palabra "Clara", separada con un guión, a mi nombre. Había encontrado el libro. Sabía.

Me decía que necesitó mucho tiempo para aceptar que revelara "toda nuestra intimidad".

Pero comprendió. Yo no era una criada como las otras. En realidad no era una criada y por eso me amaba y quería verme.

No le respondí.

Laura no se manifestó. No supe qué supo. Nada, quizás.

La imaginaba inmóvil en su apartamento entre cajas todavía cerradas, tocando algo triste en el piano, en medio de una espera sin límites.

Era el fin del invierno. Había sol y abrí las ventanas para dejar entrar aire fresco y mirar afuera. Bernard caminaba por el paseo, hacia la casa.

Me vio y se detuvo.

Reconocí su silueta compacta, su aire de decisión. Me hizo una seña: llegaba.

Tal como lo había hecho durante tantas noches, le abrí: no traía su abrigo. Me tendió los brazos y me apretó contra él.

Todas estas semanas se borraron.

Había hecho todo para liberarme de él y me dejaba ir sin resistencia contra su pecho. No prestó la menor atención a los escasos esfuerzos decorativos que había concretado en el apartamento. Los cuartos estaban prácticamente vacíos.

Aún dormía en la habitación de huéspedes, en el suelo.

Leía en la biblioteca, donde había un sofá y sillones.

Trabajaba en su escritorio, en una tabla sobre un caballete donde había puesto el ordenador.

Me alimentaba de pie, abriendo el refrigerador, en la cocina.

Pasaba el tiempo leyendo…

Fue necesario que llegara B. para medir cuánto me había faltado.

—Me lo debiste decir –fueron sus únicas palabras.

Nos quedamos a la entrada.

Y como si hubiera extraído alguna lección de la lectura de mi novela, me hizo el amor violentamente. Grité.

—Ya ves —me dijo, apretándome en sus brazos.

Me sentí recuperada. La máquina funcionaba.

Todos los hombres estaban ahora a mi alcance. Todo era posible.

—Quiero quedarme. Instalarme aquí.

Se sentó en el sofá.

Quería saber cómo me las había arreglado para alquilar, en la Ile de la Cité, tamaña superficie.

—Seguro que no es con lo que te aporta el libro…

Era el tono del jefe de empresa, el del saber y el poder. Seguía siendo el señor. Mi patrón y mi propietario. Quería ponerme en el lugar que ocupó Laura.

Interpretó mi reserva como delicadeza. Su discurso pasó de incisivo a paternal.

—Estoy allá. Me ocupo de todo. El apartamento es mío.

Las palabras eran muy claras.

Es mío…

Pero yo necesitaba algunos gritos complementarios. De momento su presencia me agradaba.

Era el placer que buscaba y que encontraba, por fin, con él. Eso tan solo.

Necesité confirmar varios días esta reparación.

La primera imagen que tuve de él: una mano robusta que sostenía un abrigo como se aferra un despojo. Me había conquistado.

Quise ponerme en el lugar de ese tejido, entre sus dedos, para que me alisara, me doblara.

Ahora podía mirar esa mano sin fascinarme. Era cuadrada y velluda. Nada tenía de extraordinario. Amé su contacto sobre mi piel como había amado otros contactos y aún amaría otros más.

Lucrecio tenía razón: "Vale más tirar la semilla que almacenamos en el primer cuerpo al alcance de la mano que reservarla para uno solo mediante una pasión exclusiva que nos promete inquietud y tormentos".

Ahora estaba convencida, si no lo estuve siempre. Pero hacer la experiencia es otra cosa. Era una iniciada.

Amo demasiado a los hombres como para amar uno solo.

Pusimos a prueba nuestros hallazgos durante noches y noches.

Después hubo que volver al ritmo compatible con la vida de un jefe de empresa.

Decidí ponerme a trabajar yo también: escribiría la historia de la criada.

Una mañana, apenas eran las siete, Bernard acababa de marcharse, y llamaron a la puerta.

Creí que sería la entrega de algo.

Había una joven en el umbral.

Era rubia, de ojos vivos en un rostro duro.

—Vengo por el trabajo. Es temprano, pero quería ser la primera…

Me mostró el periódico donde figuraba el aviso que B. debió haber puesto.

Su mirada, por sobre mis hombros, trataba de abarcar el apartamento.

—¿Cuántas habitaciones…?

La frase parecía una puntualización.

Me reí.

Envié la criada y a Bernard al apartamento de Champ-de-Mars.

Se resistió un poco, pero apenas.

Cualquiera que fuera su nombre muy pronto la llamaría Clara.

Todo volvería a comenzar. Volvería a ocurrir aquella misma escena, pero de otro modo.

Llamé por teléfono a Laura.

Estaba tranquila. Como si no hubiera pasado el tiempo:

—Esperaba que me llamaras.

—Quiero que vuelvas aquí.

—¿Dónde?

No sabía dónde estaba, no estaba al corriente de nada, no había leído mi libro.

Le dije que seguía en el quai d'Orléans.

—¿Y B.?

—En Champ-de-Mars.

Con esas palabras le estaba nombrando la naturaleza exacta de las relaciones entre su marido y yo.

Escuchó lo que dije.

Por lo menos, lo creí.

No se quejó de ninguna de mis traiciones. No me juzgó. Se contentó con venir y fue como si nunca hubiéramos dejado de vernos. Ahora vivíamos juntas, ella resolvía mis problemas materiales y yo no me ocupaba de nada.

Su felicidad consistía en mantener la casa en buenas condiciones, en las historias que le contaba y, sobre todo, en mi disponibilidad para escuchar sus confidencias.

Había circunscrito el pasado. Todo estaba allí en orden, como en el apartamento. Se consagraba al recuerdo, a ello sacrificaba la vida.

Yo no era aquella con quien quería vivir. Era la que le garantizaba que nada cambiaría, que ningún imprevisto sobrevendría.

Pero ella cumplía para mí una función equivalente. Reemplazaba, con la trivialidad de sus palabras, a la multitud anónima que yo necesitaba.

Mi historia se resumía en la de una mujer que ama tanto a los hombres que comparte la vida de otra mujer. Había en ello una amarga ironía.

Eramos como dos apoyalibros en posición equivalente y que mantienen entre ellos historias diversas que les apartan de la realidad.

Nos parecíamos.

Me volví a cortar el cabello, entregué su ropa al socorro católico, adopté su mismo aspecto: jeans y camisetas blancas, calcetines.

Ella era pelirroja, yo morena; ella era hermosa, yo tenía algún encanto: éramos comparables.

Era como un eco de mí misma, me protegía del silencio total.

Era la presencia faltante.

Retomamos nuestro ritmo. Ella en su piano, yo en el ordenador. Ella hacía la casa, se ocupaba de todo. Yo escribía.

Ella redecoró el apartamento, que recuperó su armonía.

Habían desaparecido los lienzos que convertían los muebles en esculturas de Christo. El lugar conservaba la magia de ese efecto imaginario.

Las habitaciones eran blancas, nada abigarradas, y Laura se encargó con sumo cuidado de comprar los pocos muebles que las adornaban.

Era el lugar de las posibilidades.

Estábamos tan tranquilas como si estuviéramos solas. Pero no lo estábamos.

Cuando termine de escribir, bajaré al quai d'Orléans, atravesaré el Sena e iré a examinar el lado de los hombres.

Lavilleneuve-au-Roi,
12 de enero, 1996

Zero Zone: Starhunter

David Walke

1 STARHUNTER

BAM!

Rikk hit the controls with his fist. The starship shot forward.

"Go! Go! Go!" he yelled.

The starship pulled away. The big black gunship turned to follow.

2

Shap called to Rikk, "He's coming after us, Captain!"

"Fast Lin! Fast!" Rikk shouted to the girl.

"He's firing at us!" yelled Shap.

BOOM! BOOM!

Two balls of flame shot from the gunship.
One missed and blasted off into space.
The other clipped the wing. The starship
spun over. Lin pulled at the controls.

3

"OP2, fire the cannons!" yelled Rikk.

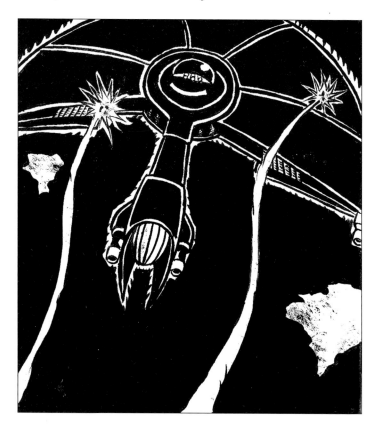

The robot fired. The cannons blasted. The shells hit the gunship. But it was no good.

"It's too big for us! Let's get out of here!" said Shap.

"Where can we go? Lin, what's ahead of us?" asked Rikk.

"Nothing Captain. Just the Zero Zone," said Lin.

"The Zero Zone is hell. We'll never get out alive," said Shap.

"We've got to take the chance," said Rikk. "Let's go!"

Lin blasted the engines. The starship turned. It screamed away into the Zero Zone.

2 ZERO ZONE

The Zero Zone is far out in space. It is dark and dangerous. Captain Rikk and the crew of Starhunter were going right into the Zero Zone.

Starhunter is a deep-space starship. Rikk and his crew patrol the stars. They look for danger. Danger is never far away.

"We're crossing into the Zero Zone now, Captain," said Shap.

"Let's hope we get out again," said Lin.

"We can hide here," said Rikk. "There are lots of asteroids and small planets. Can you see the gunship, OP2?"

"I have no blip on my screen," said OP2.

"Let's hope we've lost him," said Shap.

Suddenly some asteroids came towards them. The rocks came flying at the starship. Lin flicked the controls. Starhunter pulled over. The asteroids flew past.

BANG! THUD!

"What's that?" called Rikk.

"Something hit the hull," said Shap.

"Is it an asteroid?" said Rikk. "Check it out, OP2."

"It is not an asteroid. It is metal," said OP2. "A small metal object has stuck to the hull."

"Look out, Captain!" yelled Shap. "The alien gunship! It's back!"

3 KWAN

The huge black gunship was above them.
The alien crew stood in silence. They watched
Starhunter. One of the aliens turned to an
intercom. He began to speak.

"Enemy ship, I am Chief Kwan. This is a
Kalamorg gunship. Surrender!"

Rikk flicked a switch.

"This is Captain Rikk of Starhunter. We will not surrender."

"Captain," said Kwan. "You heard a sound before. That was a robot bomb. It is stuck to your hull. I will blow you away if you do not surrender. I will give you time to think."

Rikk looked at the alien on his screen. He was tall and dressed in black. A lot of daggers hung from his belt. He took one and waved it slowly. He smiled and showed his long yellow teeth. Then the screen went blank.

"OK, let's move fast," said Rikk.

"We've got to get that bomb off the hull. Kwan will blow us apart," said Shap.

"I'll have to go out and smash the bomb off," said Rikk.

Lin turned to him.

"Don't do it, Captain. It's too risky!" she said.

"I've got to do it," said Rikk, "or we'll end up blown away."

13

4 BOMB

The hatch on the top of the starship slid open.
Rikk stepped out into space. He had a jetpack
on his back. He fired the jetpack and flew up.
He could see a silver disk stuck to the hull. It
was a bomb. The bomb had three legs. The
legs held it to the hull.

Rikk flew over to the bomb. He took a laser
burner from his belt. He tried to cut through
the legs with his burner. It was no good.

"How's it going, Captain?" said Shap on the
intercom.

"No luck," said Rikk. "It's stuck fast."

The black gunship was above them. Kwan stood on the control deck with his troops.

"They have had time. They will surrender now," he said.

Kwan took a dagger from his belt. He held it across his chest. Then he spoke into the intercom.

"Captain of the Starhunter, you will give up now or I will blow you apart."

5 RESCUE

Rikk had an idea. He took a line from his belt. He clipped one end to the bomb. The other end was clipped to his belt. He fired his jetpack.

The line went tight. Maybe Rikk could pull the bomb off. The jetpack burned hot as Rikk pulled at the bomb.

Suddenly the line snapped. The jetpack was on full blast. Rikk spun over and over. He fell away into space.

"Aah!" he yelled "Shap! Lin! Help!"

"The Captain's in trouble" cried Shap.

Lin grabbed the controls and fired the engines.
Rikk was spinning away from the ship.
Starhunter swung around. Lin moved fast.
The starship came round behind Rikk.

Rikk grabbed the hatch. His body slammed onto the hull.

"Yeeow!" he said. "Thanks for saving my life."

"It's OK," said Lin.

"It's not OK," said Shap. "We've got big trouble. Big trouble."

6 LAST CHANCE

An alien face flicked onto Shap's screen.

"This is Chief Kwan. You tried to get away. Now you will die. Get ready for my bomb."

"What are we going to do?" yelled Shap.

"Hang on tight. We've got one last chance. Blast all engines when I tell you," said Rikk.

Rikk pulled a gun from his belt. He aimed it at one of the legs. He fired. The shot blasted the leg away. He fired again. The second leg blasted away. Just one leg left. Rikk fired but the shot missed.

"Now you will die, Starhunter," said Chief Kwan. "Fire!"

Rikk pulled the trigger again. He hit the last
leg. The bomb spun away into space. Rikk
dropped down into the ship.

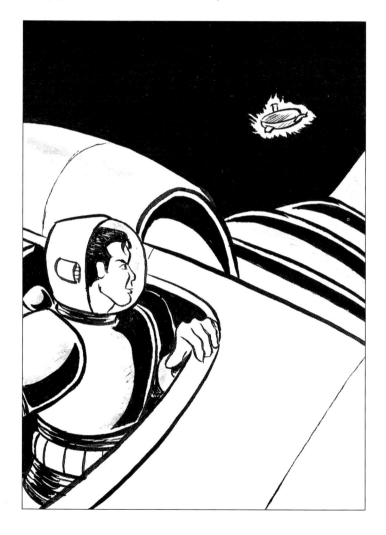

BAMM!!!

Starhunter rocked as the silver disk blew up. Shap fired the engines.

"Stop!" cried Chief Kwan, "You will not get away!"

7 HIDE

"Go! Go! Go!" yelled Rikk. "Get into that asteroid belt. Hide in there!"

Starhunter blasted off. Kwan fired his guns. Missiles screamed past the starship.

"Get into those asteroids," yelled Rikk. "Try to lose him!"

"What happens if we get hit?" said Lin.

"We use the escape pod," said Shap.

"We all get into the escape pod," said Shap.

"We all get into the escape pod and hope for the best," said Rikk. Then he had an idea.

"Have we got any plasma bombs, OP2?" he said.

"Yes. We have six bombs," said OP2.

"OK," said Rikk. "I've got a plan."

The black gunship slid after them. Its shadow fell across the asteroids. Chief Kwan looked at his screen.

"They have gone," he said. "We must find them. They will be a good prize to take back to our master."

The gunship slipped between the asteroids. There was no sign of the starship. There was no sound. Then, suddenly, Starhunter shot out from behind the massive rocks.

"Stop that starship!" yelled Kwan, and crashed his fist down on the screen. "Fire! Fire! Fire!"

27

8 CRASH

Starhunter dived between the asteroids. The gunship turned to follow. There was a flash as it fired its missiles. Starhunter flipped over and dived towards the biggest asteroid.

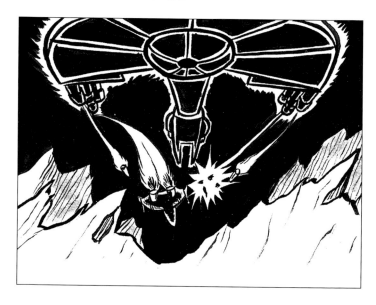

Suddenly the starship spun out of control. It dived behind a mountain on the asteroid. There was a flash and a massive bang. Yellow flame lit the mountain. Starhunter had gone.

"What happened? Did we hit them?" said Kwan.

"They crashed," said a trooper.

"No! No! I want those creatures alive!" said Kwan.

"Wait!" said the trooper. "Look!"

A silver pod flew up from behind the mountain. It was the escape pod.

"Yes!" said Kwan. "It is an escape pod. It is the crew. Don't let them get away!"

9 POD

The gunship blasted forward. It slipped towards the escape pod. It sent out a white beam. The beam locked onto the pod. It pulled the pod up towards Kwan's ship. A hatch under the gunship slid open. The escape pod was pulled inside.

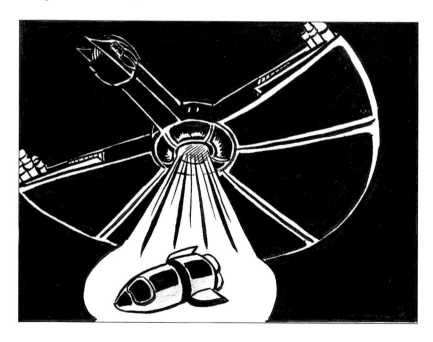

"I have got you!" said Chief Kwan.

"No, Kwan. We've got you!" said a voice on the intercom.

It was Rikk. His face flicked onto Kwan's screen.

"You haven't got us," said Rikk. "You've got a pod full of bombs!"

Starhunter slowly lifted up from behind the mountain.

Rikk smiled and hit a button. There was a massive flash as the bombs in the escape pod blew up. The gunship split open in a massive ball of fire. It fell towards the asteroid and smashed into the mountain.

Rikk watched. There was a flash as the gunship blew apart.

"OK, Lin," he said. "Let's see what else we can find in the Zero Zone."

And Starhunter blasted off.